TO

悪鬼のウイルス

二宮敦人

TO文庫

悪鬼のウイルス

プロローグ

駅のホームに降り立った時、智樹《ともき》は思わず深呼吸をした。

どこまでも青く抜けるような空、緑で埋め尽くされた山、ぽっかり浮かんだ入道雲、そしてギラギラと照りつけるお日様。

気持ちがいい。

すぐ脇を流れる藤菜川《ふじながわ》の音。時々バシャンと魚が跳ねる。

思いっきり伸びをすると、横で日名子《ひなこ》がクスクスと笑う。

「智樹、おっさんみたい」

「おっさん？」

「なんか仕草が、疲れたおっさん風」

「颯太《そうた》ほどじゃないっての」

智樹はそう言いながら、時刻表を眺めている颯太を指さす。暑がりの颯太は、Tシャツと短パンという出で立ちに加え、首にタオルを巻いていた。細長い体躯をだらしなく丸め、右手には大きな扇子を持ち、バタバタと煽いでいる。下を向くと、そのメガネに額の汗がポタリと落ちた。

　風呂上がりのお父さんといった感じだ。同じ高校三年生とは思えない。普通にしていればそこそこのイケメンなのに、もったいない。

「颯太、何見てんのー」

　そんな颯太に奈々枝《ななえ》がピタッと寄り添う。

「ん？　帰りの電車。念のためね」

「そんなの見る必要ある？」

「あるある。重要だよ」

「そうなの？……ってほんとだ、一日に数本しか電車ないのね」

　驚く奈々枝に、颯太は扇子を「持ってて」と手渡した。そして電車の時刻を手帳にメモし始める。奈々枝はその間にリュックからペットボトルを取り出し、蓋を開けて颯太に差し出した。颯太は目で礼をしながらそれを飲む。

　日名子がそれを見て言った。

「あの二人、ほんっとラブラブだよねー。なんかこう、息が合ってるっていうか」

「だなあ」

「付き合ってもう三年だっけ？　もはや夫婦の域に達してきてる気がする。ちょっと羨ましいなあ。私も彼氏、ほしー」

その言葉にドキッとして、智樹は振り返る。日名子はホームの端っこに立って、線路を見下ろしていた。

「日名子、危ないよ」

「平気平気。智樹も来たら？」

「おい、日名子」

智樹の目の前で、日名子はヒョイとホームから線路に降りた。淡く茶色に染めたショートヘアがフワリと揺れる。気が気でないのは智樹だ。

「大丈夫？　日名子」

線路はホームから一メートルほど下に敷かれている。その脇には名も知らぬ雑草が生い茂り、いくつかは白く小さな花を咲かせている。日名子はしゃがみこんで、レールに耳を当てていた。

「なんの音も聞こえないな」

「聞こえたらやばいって。ほら、早く上がりなよ」

日名子は意に介さない。

「心配性だなー、智樹は。電車は当分来ないんだから、色々遊ぼうよ。こんな田舎でなきゃ、できないじゃん。東京じゃ、五分に一本電車来ちゃうんだからさ」

「まったく。ばれたら駅員さんに怒られるぞ」

「駅員さん？　そんなのいないよ」

「え？」

「ここ、無人駅だもん」

日名子は歯を見せてニッと笑う。智樹はあたりを見回した。石尾《いしお》駅には、颯太、奈々枝、日名子、そして智樹以外に誰の人影もない。

智樹がため息をついていると、日名子は線路の先をじっと見つめて、少し神妙な顔をした。

「……ま、でもこのへんにしとこかな」

そうつぶやくと、素直にホームに上がってきた。

「何かあったの？」

「うん……まあね」

少し落ち込んだような日名子の様子に、智樹は困惑する。線路の先と日名子の顔を、交互に見る。

「死体見ちゃった。ほら」

「え？」

「タヌキ」

日名子が指さした先を見ると、タヌキの首と胴が、それぞれ線路の右と左にポトリと落ちていた。赤黒い血が滴っているのが見える。

雑草が風にサラサラと揺れた。


「おーいお前ら、遊んでないで行くぞー」

颯太が改札の外から呼んでいる。

智樹と日名子は慌てて颯太の元へと向かった。

「あれ？　自動改札じゃないんだ」

出口を見て智樹は戸惑う。改札口には古びた木箱が置かれているだけだ。木箱には『切符入レ』と墨で書かれていて、細い穴が空いている。

「お先っ」

日名子が後ろからヒョイと出ると、穴に切符を放り込んで改札を抜ける。クルリと振り返って智樹を見た。

「智樹、早くしなよ。何硬直してんの？」

「僕、精算しないと……来る時慌ててたから、一番安い百三十円の切符しか買ってない」

「うわー」

颯太がニヤニヤと笑う。

「駅員さんとか、いないのかな」

智樹は改札横の窓口を見る。しかしそこには板が打ち付けられている。横に回るとひびの入ったガラス戸が見えたが、中は真っ暗で人の気配がない。当然、精算機の類も置かれていない。

「無人駅だからいないって。通っちゃいなよ」

日名子に言われ、仕方なく智樹は百三十円の切符を穴に放り込んで改札を抜けた。

「うっわー、キセルだ。智樹、犯罪者」

颯太がはやし立てる。

「帰りに払うっての……」

智樹は改めて思う。無人駅か。タダで降りようとしたら、いくらでも降りられるじゃないか。東京から石尾駅まで、千円以上は確実にかかっているはずなのだが。駅員を置いたり、精算機を設置したりするお金がないのかもしれないが、適当なものだ。

「あ、ここで写真とっとこっか。はい、並んで並んで」

日名子がデジカメを手に、みんなに声をかける。ポーズを取る間もなく、日名子はシャッターを切った。

「おい、撮るの早すぎだって」

智樹は言うが、日名子は画面を見ながら口角を上げる。

「おお、みんな虚を突かれたような表情してる。笑えるー、これ。奈々枝なんて、でかい帽子のせいで顔が写ってないし」

「……私、日焼けしちゃうから大きい帽子は手放せないの」

奈々枝が帽子の位置を直しながら、口をとがらせた。サラリとした長い黒髪が揺れる。色白の奈々枝は、確かに肌が弱そうだ。

「おーい。遊んでないで、そろそろ行くぞ。今日はただハイキングに来たわけじゃないってこと、分かってるよな」

颯太が仕切り直す。

「分かってるって。このデジカメも、もしかしたら心霊写真とか撮れるかなと思って持ってきたんだ。準備はオーケー。出発しようよ」

日名子がデジカメを首から下ろし、颯太を見てウインクした。

智樹はベンチに腰掛け、靴ひもを結び直す。

今日は、探検にやってきたのだ。

1

石尾駅。

都心から電車で三時間ほどの、この田舎駅への探検を企画したのは、颯太だった。

七月の半ば、智樹たちはいつものようにファストフード店に集まり、ダラダラとおしゃべりをしていた。ふと颯太が立ち上がり、全員を見回すと口を開いた。

「なあ、もうすぐ夏休みじゃん。旅行がわりにさ、石尾駅ってとこ、みんなで行ってみない？」

聞いたこともない駅名に、智樹たちは戸惑った。

「なにそれ。心霊スポット？」

「廃墟とか、それ系じゃないの」

智樹や日名子から質問が飛ぶと、颯太は笑った。

「みんな、秘境駅って知ってるか」

「秘境駅……？」

智樹は首をひねる。

「周りに人家や店がない駅。年間乗車人員が百人以下の駅。駅に車道が続いていない駅……そういうちょっと変わった駅を、マニアの間でそう呼ぶんだよ」

「どうしてそんな駅があるの？」

日名子が聞く。

「理由は様々みたいだ。登山シーズンに、登山客だけが利用する駅だとか。ダムの建設や過疎の影響で集落が消滅してしまって、駅だけが残っているとか。後は立地条件だね。村の近くに駅を作りたいのはやまやまだけど、地形が悪すぎて不可能。で、村からかなり離れたところに駅だけ作った、そんなケース」

「色々あるんだね」

「面白い秘境駅もあるよ。山のど真ん中の集落近くなんだけど、傾斜がきつすぎて車やバイクが入れないんだって。だから郵便はバイクじゃなくて、その秘境駅を使って届くそうだよ」

「え？　郵便配達の人が電車に乗るの？」

「そういうわけ」

「ほほおー……」

日名子の目がキラキラと輝く。反対に奈々枝は、少し不安そうな顔をしていた。

「興味持ってくれたかな」

颯太が満足げに笑った。智樹は聞く。

「で、その石尾ってとこも秘境駅なの？」

「たぶんそうだと思う」

「思う……？」

「この駅、実はマニアの間じゃ全然話題になってないんだ。知られてないのかな。でも、色んな駅を調べてて気付いたんだ。ここ、何か変なんだよ」

颯太は鞄から一枚の紙を取り出した。全員が覗き込む。

「これ、石尾駅の周辺地図。見てよ。変な形じゃないか？」

石尾駅を中心にしたその地図。駅前にはロータリーがあり、大きな道が西に走っている。その先は隣町に続いているようだ。川沿いに、北に向かう細い道が一本。両脇を山と川に挟まれた道だ。その先に小さな集落、石尾村《いしおむら》がある。集落には数軒の家があり、中心に『富士荘』というアパート。集落の裏はまた山だ。

「この集落、凄い狭い所にあるね」

「智樹、そうなんだよ。この細い道を除いて、三方が山に囲まれてる。この山、登山道なんかない、本気の山だぜ。岩だらけで、上るのはムリだ」

「戦国時代だったら攻めにくそうな地形だね、ハハ」

「日名子の言うとおり。しかもな、隣町への道が地図には描かれてるだろ？」

「うん。この西に向かってる道だね」

「この道、今は通行止めらしいんだ」

「え？」

「隣町の役所のホームページに書いてあったんだけどさ。台風で吊り橋が落ちて、それ以来通行止め状態なんだって。しかもその台風、五年前だよ。それからずっと、この道は機能していない」

「復旧させないの？」

「今のところはさせないようだ。予算がないのか、他の理由があるのかは分からないけどさ」

「陸の孤島じゃない」

「電車は通ってるから完全な孤島ではないよ。でも、それに近いね」

「へえ……どんな人が住んでるのか気になるね」

「だろ？」

颯太は嬉しそうに地図を軽く叩いた。

「たぶんここは、秘境駅マニアにも見逃されてるんだ。一見道は通ってるし、それなりの集落もあるから。でもね、調べれば分かる。道は実際には封鎖。集落は山に囲まれた道の行き止まり、ひどいどん詰まりの場所にある……案外、レベルの高い秘境だと思う」

「妙な風習のある集落とか、もしくは怪しい新興宗教の拠点だったりして」

日名子は心なしか嬉しそうだ。こういう話が大好きな子である。

「私はちょっと怖いなあ」

奈々枝が眉を八の字にして笑う。

「ま、考えすぎかもしれないけどな。実際はどうなのか、確めてみたくならないか」

「面白いね」

「だろ？　ここ、探検に行こうぜ」

颯太は歯を見せて笑った。

「大賛成！」

日名子がそう言ってから、智樹と奈々枝を見る。奈々枝が頷き、智樹も口を開いた。

「僕もいいよ」

実を言うと智樹は、目的地がどこだろうと別によかった。仲のいい友達と一緒なら、きっとどこでも楽しい。

「奈々枝は？」

「……みんなが行くなら……」

「なら、決まりだね。颯太、スケジュール決めようよ」

「オッケー。しかし智樹、お前って昔から何でも賛成してくれるよな。サイコー」

颯太はあごのあたりを撫でながらウインクをする。喜んだ時に颯太がいつもする仕草だった。それも昔から変わっていない。

みんなに合わせて笑いつつも、智樹も少し楽しみだった。石尾駅。どん詰まりの村。好奇心がくすぐられるのを感じた。

探検の日を待つ間も、電車に乗っている間も、そこに何が待ち受けているのか、智樹は密かに期待していた。

木造の駅舎を抜けて待合室を出ると、カラカラと軽い音がした。

思わず全員が振り返る。駅舎の陰で、トランプほどの小さな板が数枚、揺れているのが見えた。板には穴が空いていて、そこに釣り糸のような細い糸が通っている。

「何これ……」

奈々枝が糸の先を目で追う。板に繋がったそれは壁に打たれた釘を経由し、床まで下りてくると今度は床ギリギリを這い、そして日名子の足元に至った。

「鳴子かな」

颯太が言う。

出口に敷かれている板を踏むと、音が鳴る仕組みだった。

「そうか、お客さんが来ると分かるようになってるんだ。田舎の土産物屋とかでよくあるじゃん、こういうの。それにしても可愛い鳴子だなあ、ちっちゃくて」

日名子が言いながら、カメラを構えてシャッターを切る。

智樹も頷いた。客が少ないのにずっと店番するのも手間だから、こういう仕掛けをつけている、そんな店を何度か見たことがある。

「それにしちゃ、誰もいないね」

「店もない」

颯太と奈々枝があたりを見回して言う。

そのとおりだった。

駅前には広いバスロータリーがあり、左に道が走っている。野原が広がるばかりで、一軒の店もない。正確に言えば店のような建物はある。しかしそれは廃屋だった。看板は薄れてかすれ、入口には『×』の字に板が打ち付けられている。『アイスクリーム』と古めかしい書体で書かれたプラスチックケースは割れ、中に雨水が溜まっている。あたりの雑草は伸び放題で、石畳みはあちこち割れていた。

土産物を売りつけようとする人どころか、通行人すら見えない。駐車場があったが、一台も止まっていなかった。

シジミ蝶が一匹、フラフラと空を泳いでいる。

四人は首を傾げる。

錆びついたバス停が見える。時刻表を覆い隠すように板が張られていて、バスが今は運行していないことを示していた。

「……あれ」

先頭を歩いていた颯太が立ち止まる。

「どうした、颯太」

後ろを歩いていた智樹もすぐに気が付く。

「変だな」

颯太は地図を見るが、見るまでもない。駅から村へと向かう道は一本しかないのだ。木々に隠れるようにして続いている、上り坂。

その入口、二本の木の間にロープが張られている。立ち入り禁止とでもいうような、黄色いロープ。

「私有地じゃ……ないよな」

颯太は地図をひっくり返して確かめていたが、やがて頷く。

「店も何もないから、旅行者が間違って入らないように、って感じかな。この道で間違いないと思う」

そしてロープを跨いで通る。余所者お断りということか。立札も、地図の類もない。

他者に対する配慮の一切ない場所。他者の存在を拒絶する村。智樹にはそんなふうに思えた。

「入って大丈夫かな？」

奈々枝が不安そうに言うが、颯太は笑う。

「大丈夫大丈夫」

智樹たちも颯太と同じように、ロープを跨いだ。

むせるほどの木の匂いがする。

道は一応アスファルトで舗装されているが、あちこちにヒビが入り、窪みに水が溜まっている。長いこと整備されていないのがよく分かる。道幅も狭く、かろうじて自動車一台が通れる程度だ。車がすれ違うのは難しいだろう。

左側は山が壁のようにそびえたち、右側のガードレールの先は崖だった。その下には川が流れている。結構な急流だ。

「藤菜川だよ」

颯太が言う。

「村の裏にある腐石山《ふせきざん》が水源らしい」

「水、綺麗そうだね。もっと近くにあれば飲めるのに」

日名子が川を見下ろしながら言う。智樹は慌てて止める。

「やめたほうがいいよ。いくら綺麗でも、浄水されていない水は危険だっていうよ」

「智樹の言うとおりだね。寄生虫がいたり、病原菌がいたりする。上流に病気で死んだ獣の死体があったりしたら、一発でアウトだからね」

颯太が補足した。

「ちぇ。仕方ないか」

「でも、綺麗ね」

奈々枝があたりを見回して言った。

登山コースではない。案内板の類は一切見えない。

時折廃屋が道の脇に現れる。工場だったのだろうか、天井のトタンが落ち、鉄の骨組みだけが残った建物。古びた作業台がゴロンと転がっている。その間に木々が伸び、窓を突き破っていた。錆びついた車の中には蜂の巣が見える。立札は草に埋まり、戸棚の脇にはキノコが生える。

人が自然から切り出したあらゆる物が、再び自然の大きな掌に取り込まれ、ゆっくりと大地に還ろうとしていた。

それはまるで村が緑の胃の中で溶けているよう。智樹たちの住む都市も、人がいなくなって十年も経てばこうなってしまうのだろうか。そう思うと、美しさと同時にどこか恐怖を感じた。

「いいとこだねえ」

日名子が水筒のお茶を飲みながら言った。

「うちのばーちゃんの田舎が、こんな感じだったよ」

奈々枝も笑う。

「お前ら、もっと緊張感持てよな。一応これ、探検なんだぞ」

颯太が言うが、その颯太も笑っている。

誰もがハイキング気分だった。

これまでにも、智樹たちはちょくちょく探検と称して旅行をしてきた。心霊スポット、怪しい廃墟、夜の工場。だけど危険な目に遭ったことは一度もない。幽霊なんて見なかった。同じように探検に来たグループと仲良くなったり、地元のお爺さんに可愛がってもらったり。そういった思い出ばかりだ。

ここは文明国、日本なのだ。未開の地とは違う。危険なんてない。

しかしそれでも、普段立ち入らない場所には独特の雰囲気がある。都会では決して味わえない空気。

それを楽しみに来ているようなものだ。

急な坂道を、ハアハア言いながら智樹たちは上った。

二十分ほど歩いた後、すっと目の前が開けた。

「ここが石尾村か」

　智樹はそう口にした。

　村は想像とは少し違っていた。智樹は、昔の集落のようなものをイメージしていた。藁《わら》ぶき屋根の家があり、田んぼが広がっていて、かかしやお地蔵さんが立っている……しかし、石尾村はそういう感じではなかった。

　まず、田んぼはない。畑らしきものはあるが、小さかった。斜面に瓦屋根の家が数軒建っている。それぞれの高低差が大きく、狭くて急な石段が見えた。山の近くに鳥居がある。その手前に、アパートがあった。三階建て。クリーム色の壁。団地の一角が忽然と現れたような感じだ。

「あれが『富士荘』だね」

「本当にこぢんまりとした村だなあ」

　颯太や日名子が口々に言う。

　高い山に囲まれた狭い空間に、人工物がギュッと押し込められている。空気は開放的なのに、どこか閉じ込められてしまったような感覚がある。まだ昼を少し過ぎたくらいなのに、やや薄暗い。山のせいで日照時間が短いのだろう。村の半分ほどが日陰になっていて、湿っぽかった。

「これから、どうする？」

智樹は颯太に聞く。

「うーん……ちょっとそのあたり、ウロウロしてみるか。村の人を見かけたら話しかけてみる、という感じで」

「そうだね、そうしよ」

日名子はそう言いながら、道の端で岩陰にデジカメを向けている。何かと思って見ると、小さな虹色のトカゲが一匹、迷惑そうに佇《たたず》んでいた。


村の中を、智樹たちはしばらく歩いた。

「……誰もいないな」

「……うん……」

自然と声が小さくなる。

せっかく旅行に来たのだから、もっとのびのびとするべきなのかもしれない。しかし、できなかった。あたりは見知らぬ村。誰もいない村。その中を、キョロキョロしながら進んでいく。他人の家に忍び込んだような居心地の悪さがあった。別にやましいことはしていないが、急に誰かに咎《とが》められるのではないか。そんな気がしてくる。

「廃村……なのか？」

颯太が言う。家々に人の気配はない。ゴミが散らかっている家もあれば、玄関のガラスが割れたままの家もある。表札は斜めになり、泥をかぶっている。落ち葉と泥が降り積もり、フロントガラスが不透明だ。

家の脇に止めてある車は、タイヤがパンクしている。

住人はみな、ずっと昔にどこかに消えてしまったのではないか。

智樹はそう思う。

「だけど、ほら……」

日名子が目の前の道を指さす。

そこには、白い線で落書きがあった。りんごなどの果実の絵が、子供っぽい歪《いびつ》さで並んでいる。

「ろう石か。懐かしいな、俺も昔やった」

「こういう落書きって雨が降ったら落ちちゃうよね。でも、くっきり残ってる。子供が住んでるってことになるよね」

「確かに……」

智樹は後ろを振り返る。

子供がどこからか覗いているのではないか、と思ったのだ。しかし誰の姿もない。照りつける日差しに陽炎が揺れ、アスファルトがジリジリと熱を放っているばかり。ミンミンゼミが鳴いていた。

「あのアパートにいるんだろうか」

智樹はアパートを見上げた。見るからに古い。細い亀裂が壁を走り、それを覆うように蔦《つた》が這っている。築四十……いや、五十年くらいだろうか。よく分からない。

「暑いね」

日名子は胸元にタオルを突っ込んでは汗を拭く。白い肌が服の隙間から覗き、智樹は目をしばたたかせた。

「……誰もいないな……」

颯太が、もう一度繰り返した。

「暑いから、みんな家に閉じこもって昼寝してるのかもよ」

日名子。

「田舎の人ってムダに外出しないもんね」

奈々枝。

「それは、奈々枝の田舎だけじゃないの？」

智樹も言ってみる。

「え……そ、そうかなあ。そうかも……」

会話は途切れる。

盛り上がらない。なぜか重苦しい空気が濃くなってきていた。

　とりあえずアパートのところまで行ってみよう。そんな颯太の提案で、智樹たちは石段をゆっくりと登っていた。細くて長い石段は途中で何度か折り返しながら、アパートのほうへと伸びている。

「水を撒いた跡だ」

　前を歩く颯太が言った。智樹が見ると、地面がまだ少し湿っていた。濡れた砂粒を踏む音。涼しい風が漂ってくる。

「やっぱり人はいるんだね」

　奈々枝がほっとした声で言う。

　石段を登りきると、少し空間が開けた。

　板材や砂袋が脇に置かれた、広場のような場所だ。背の高い雑草が風に揺れている。

「もう坂を登らなくてよさそうだな」

　颯太が言う。アパートまでは平坦な道が続いている。残り二百メートルというところだ。

「あっ」

　日名子が広場の奥、アパートの手前を指さして笑った。

「ん？」

「人がいる！」

「おお」

智樹も笑う。

この集落に入って、初めて人を見た。

子供たちだった。子供たちが、十人から二十人ほど集まっている。全員がこちらに背を向けていた。年齢は様々で、手を引かれている五歳くらいの女の子もいれば、中学生くらいの男の子もいる。

声をかけようと歩き出す日名子を、颯太が止めた。

「どしたの？　颯太」

「ちょっと待って……何か、様子が変だよ」

ちょうど子供たちとの間にセイタカアワダチソウが群生している。颯太は身をかがめ、草に隠れながら耳を澄ませた。智樹もそれに従う。

「何……やってるんだ？」

異様だった。

子供たちは静かに立っている。遊んでいるのなら、もっとはしゃぎまわってもいいはずだ。しかし全員が無言だった。半円を描くようにずらりと並び、円の中心あたりに視線を向けている。

そこでは、一人の女の子が泣きそうな顔をしていた。

「……いじめか？」

「智樹、だったら、止めたほうが……」

日名子が頼るような目を智樹に向けた。

しかし颯太は動かない。手で智樹たちを制止しつつ耳を澄ましている。

「……何か話してる……」

女の子は弁解するように必死で声を上げていた。内容までは聞き取れないが、謝っているようだ。それを周囲の子供たちが黙って聞いている。

女の子の背後は岩壁だ。どこにも逃げ場はない。心なしか、子供たちの輪が女の子を追い詰めるように縮まった。

子供の一人が声を上げた。

途端に歓声が上がる。女の子を指さして何か怒鳴る子。キャアキャアとはやし立てる子。子供特有の甲高い笑い声が、あたりに響き渡る。

女の子が泣き出した。

「ねえ、助けたほうがいいんじゃない？」

奈々枝も小さな声で言った。

女の子の泥だらけの顔に涙が流れだした。しかし涙を拭うことなく、姿勢は直立不動のままだ。呼吸は荒く、肩で息をしている。目を大きく見開き、体は震えていた。

……何か違う。智樹はそう思った。

女の子は怯えきっている。それは自分をいじめる友達を見る目ではない。両親にこっぴどく叱られた時だって、あんな顔はしないのではないか。女の子の瞳にあるのは、恐怖。まるで、猛獣に相対したかのような。

女の子は何事か叫び、同意を求めるようにキョロキョロと周囲を見回す。また笑い声が響いた。何人かは目を逸らしている。

女の子は顔を歪めた。

智樹は嫌な予感がした。

人間の女の子を、人間ではない……何か妖怪たちが取り囲んでいるような、そんな気がした。

颯太も同じように感じているのだろう、青ざめた顔で動けずにいる。

取り囲んでいる子供の中に、特に年長らしい二人がいた。一人は制服を着た女の子。身長は百五十少々くらいか。もう一人は明らかにサイズの小さいTシャツと、パンツを穿いた男の子だ。坊主頭だが、手入れをあまりしていないのか、何本か長い毛がぽつぽつと飛び出ている。体格はよく、百七十センチの智樹よりも背が高い。何か棒のようなものを手にしている。

目を凝らしていると、制服を着た子が小さく声を発し、手を上げて何か言った。それを見て他の子供たちが後ずさりする。女の子だけを中心に残して、半径五メートルほどの半円が作られた。

女の子は悲鳴を上げた。周りの子供たちは何か奇声を上げている。声は少しずつ大きくなり、まるでライブが盛り上がるように、興奮が増していく……。

女の子が駆けだした。

子供たちの輪に体当たりをし、強引に包囲を抜け出す。そのまま振り返らずに走り続ける。ちょうど、智樹たちが潜んでいる茂みに向かって走ってくる格好だ。石段を下りて、村から逃げ出そうというのだろうか。

「やばっ」

颯太が口にする。

このままでは、女の子と智樹たちは出くわしてしまう。どうする？　全員が焦った。

セイタカアワダチソウの細い茎。その隙間から、智樹の視線が女の子へと伸びる。

女の子の視線がそれと交わる。智樹は、女の子がこちらの存在に気付いたように思えた。小さな丸い目が、可愛らしい女の子だった。

助けて。

そんな声が、頭の中に響いた気がした。

智樹はまっすぐに女の子の顔を、見つめていた。

次の瞬間、女の子の顔がまるで西瓜でも割るように砕けた。

鼻から上が吹っ飛び、歯がこぼれおち、頭皮ごと髪の毛が空を舞う。首から上を失った女の子は、何かを探るように手を動かしながらよろめいた後、ゴロンと倒れた。トマトをつぶしたように、地面に赤の液体とピンクのゼリー状のものが広がる。

セミの声が消えていた。草が風圧でごうと揺れた。

かがみこんでいた智樹の足に、何かが当たった。それを手に取ってみる。

ちぎれた耳であった。

まだ温かい。

「ひっ……」

息を吸う音が背後からした。颯太がとっさに振り返り、叫びかけた奈々枝の口を塞ぐ。

智樹と日名子は微動だにせず、目の前の光景を食い入るように見ていた。動けなかった。ただ見るだけで精いっぱいだった。歯がカチカチと鳴る。

体格のいい男の子が、猟銃をこちらに向けていた。煙が風に流れていく。

どうやら、散弾銃のようだった。

倒れた女の子を、子供たちが見る。驚いた様子はまったくない。悲しそうな顔をしている子もいれば、手元のビー玉をいじることに熱中している子もいた。返り血を浴びた幼児が、くしゃみをした。姉らしき子が、幼児の鼻を拭いてやる。

火薬の匂いがする。

男の子は銃を下ろす。とても綺麗な目をしていた。穏やかな馬のような印象。一仕事終えた、という感じで制服を着た女の子を見る。二人は頷きあい、笑った。

何が起きているのか分からない。口の中が渇いて、喉が妙な音を立てる。

智樹の心臓はドクドクと鳴り、汗がダラダラと流れてくる。

「さ、叫んじゃ、ダメだ」

颯太が必死で息をしながら、囁いた。

奈々枝は颯太に口を押さえられ、目を閉じたまま、涙を流している。

「逃げよう」

颯太を見て、智樹と日名子も頷く。日名子の顔は真っ青だった。

颯太と日名子が、姿勢を低くしたままゆっくりと後ずさる。草に隠れて進めば、石段まで見つからずに辿りつけるはずだ。智樹も必死で足に力を入れる。そうしないと震えて力が入らないのだ。ふと、手に耳を持ったままなのに気が付いた。

どうすればいいか分からない。捨てるわけにもいかないが、持ち去るのも躊躇《ためら》われる。

智樹は耳を見つめたまま、動けなくなってしまった。

女の子の死体の周りに子供たちが集まっている。

幼稚園くらいの子がしゃがみこみ、まるで蟻の観察でもするかのように砕けた脳を眺めている。

それを見ていると恐ろしかった。一歩でも踏み出せば、彼らに見つかるような気がした。石になってしまいたかった。石のように固く凝固し、悪夢が去ってしまうまで地面と一体化していたかった。

「……智樹。大丈夫?」

日名子が智樹の背に軽く触れた。

「あ、ああ……」

柔らかく、温かい掌だった。それで呪縛が解けたように感じた。智樹は、足にもう一度力を入れた。今度は、動く。ほっとして振り返る。

颯太と奈々枝は、石段のそばまでもう到達していた。しかし石段まで後数歩というところで立ち止まり、何かを見つめている。

どうしたのだろう。

智樹は颯太の視線の先を追い、そして凍りついた。

石段の陰から、刈上げの男の子が半身を覗かせ、智樹たちを見ていたのだ。

その赤らんだほっぺたが吊り上がる。

男の子は少し歯を見せて笑ったが、それは大人を見つけて照れ隠しに笑う、といったものとは何かが質的に違うように思えた。

男の子が声を上げ、智樹たちが子供に囲まれるまでにさほど時間はかからなかった。体格のいい男の子は智樹たちに銃を向け、引き金に指をかけている。智樹たちは成す術もなく、ただ手を挙げて降参した。

奈々枝はずっと泣き続けている。

制服を着た女の子がゆっくりとこちらに歩いてきた。制服の子のスカートを掴んでいる子が、不安そうに指をしゃぶる。

「それ」

制服を着た子がすいと指をさす。白い綺麗な肌だった。

「地面に投げて」

智樹は横を見る。携帯電話を耳に当てたまま、颯太が固まっていた。

「早くね」

促され、颯太は仕方なく携帯電話をアスファルトに投げ出した。軽い音がした。

「全員」

そうか。智樹は携帯電話の存在に、やっと思い当たる。こんな山の中で電波が届くかどうか分からないが、今、警察にかければ……会話はできなくても、一一〇番をコールしたまま携帯を放り出せたなら……智樹は静止したまま、考える。

散弾銃が向けられた。

智樹は見た。スカートを掴んでいる子が、ニコリと笑うのを。

「ま、待って」

智樹はポケットの携帯電話を引っ掴み、急いで放り出した。カシャンと音を立てて、携帯電話は転がる。奈々枝と日名子も同じようにする。野球帽の子が飛び出してきて、四人分の携帯電話を回収した。

小細工をする余裕はなかった。

あと数秒躊躇《ちゅうちょ》していたら、間違いなく撃たれていただろう。そんな確信があった。智樹の顔面を、皮膚を、骨を、粘膜を、眼球を、鼻孔を、歯肉を、散弾がメチャメチャに砕き、あの女の子のように倒れ、その周りを子供たちが囲み、蟻を見る目で眺める……。

そんな未来が、数秒前の分岐点の片方に待っていた。

冷たい汗が噴き出してくる。

「マイお姉ちゃん、どうするの？」

誰かが聞いた。制服の子はマイという名前らしい。マイは問いには答えず、まだ少女のあどけなさを残したままの顔で智樹たちに言った。

「あの自転車に続いて歩いて」

智樹が振り返ると、補助輪付きの自転車に乗ったメガネの男の子がいる。彼はマイの言わんとすることを察したように、ゆっくりと向きを変えると、たどたどしく自転車をこぎ始めた。

「マイ、撃たないの？」

散弾銃を持った子が聞く。想像よりもずっとおっとりとした、柔らかくて高い声だった。

「逃げようとしたら、撃っていいよ」

「弾は？」

「ヨウの判断で、何発使ってもいい。ただ、絶対に逃がさないでね」

散弾銃の子はヨウというらしい。

「うん！」

ヨウは嬉しそうに頷くと、マイの脇を歩いて智樹たちのすぐそばまで来た。そして智樹の顔に銃口を向けた。

「ほら、歩きなよ」

ヨウは少しおかしなアクセントで言う。見下ろされながら、智樹は何か言おうとする。が、言葉が出てこない。蛇に睨《にら》まれた蛙。

「早く歩きなってばあ」

声変わりもしていない、年下の男だ。がたいこそ智樹よりいいが、颯太と二人で殴り掛かれば勝てるかもしれない。しかし智樹は逆らえなかった。向けられた銃に威圧されて、動けなかった。

「マイ姉ちゃん、こいつ歩かないよお。撃っていい？　ね、撃っていい？」

ヨウはにっこり笑うとそう言った。よほど撃ちたいらしい。

慌てて歩きだす。奈々枝と日名子は、もう自転車の子について歩きはじめていた。颯太が智樹を見て、神妙な顔で頷く。ここは従っておこう、ということらしい。

「ヨウ、まだ撃っちゃダメ」

「分かった……」

「みんなは、あたりの掃除をしておいてね」

はーい、と子供たちの声が上がる。しばらくしてバシャバシャと水を撒く音や、バケツがぶつかり合うような音が聞こえてきた。キャッキャッとはしゃぐ声すらも。

「マイ、撃っていい？」

ヨウがまた口にする。少しだけ脇を見ると、鉄の銃口がすぐそばにあった。ヨウは智樹に狙いをつけ、引き金に指をかけたまま、横を歩いている。冗談じゃなかった。

「ねえマイ、撃っていい？」

「ダメ」

マイが否定してくれて、心底ほっとした。

しかし少しでもヨウが気まぐれを起こしたら、智樹は死ぬ。

それだけではない。ヨウがつまずいた勢いで引き金を引いてしまっても、こちらの何でもない動作を逃走と勘違いしても、智樹は死ぬ。これからどこに向かうのか知らないが、その道程のあちこちに何パーセントかの確率で死が転がっている。智樹にはどうすることもできない死が、無造作に並んでいる。

智樹は心の中で悲鳴を上げる。何だよこれ。何だよこれ。死ぬかもしれない。次の瞬間死ぬかもしれない。どういうことなんだ。

何をしたわけでもないのに、わけの分からぬまま、これまで生きてきた人生が、これから生きていく時間が消滅する？

これはただの旅行だったのに、遊びのはずなのに、まだ学生なのに、平和な国日本なのに。子供たちの親は何をしてるんだ？　警察は？　他の大人は？　誰か助けてくれよ。なぜだ、どうして、どうして……。

智樹同様、他のみんなも混乱しているようだった。

奈々枝は顔を真っ青にして、颯太は胸を押さえて悄然《しょうぜん》と、歩いていく。日名子が不安そうに智樹を見た。そんな目を向けられても、どうすることもできない。智樹だって不安なのだ。

智樹は、日名子に手を伸ばした。

考えての行動ではなかった。むしろ手が日名子に届いてから、何をやっているんだ、と自問したくらいだった。下手なことをすれば命はないというのに。

智樹は日名子の手を握った。柔らかい。二人の手はどちらも冷たかったが、それでも智樹は日名子から温度をもらったような気がした。手が温まり、心が温まり、そして視界が晴れるように感じられた。

ダメだ。

思考を止めちゃダメだ。

考えなくては。生きるために。

智樹は心の中で自分に言い聞かせた。

智樹は日名子を見て一つ頷く。日名子は青ざめた顔をしていたが、智樹に応じるように小さく首を縦に振った。

自転車を先頭に、四人とマイ、ヨウは歩いていく。

あのアパートが、近づいてくる。

セミはいつの間にか、再び騒々しく声を上げていた。

散弾銃の銃口でこづかれるようにして、アパートの敷地内に入る。

生垣がぐるりと取り巻いていて、裏側には庭もあるようだ。車庫のようなものが見えるが、屋根も入口も土や落ち葉で汚れている。雨ざらしのまま、長いこと放置されていたらしい。

椿が何本も敷地内に生えていて、その分厚い葉で日光を遮っている。そのためにあたりは薄暗く、涼しい。『富士荘』と書かれたプレートが、少し斜めになって壁に貼られている。子供用の自転車がいくつか並び、脇にホッピングや、バドミントンの道具が立てかけられていた。

どこにでもあるような光景だ。

しかし今、智樹の手の中には耳がある。女の子から千切れた耳が、捨てられぬままに。日常と異常が共存した世界。智樹は吐き気を覚える。

マイが近くのインターホンを押して言った。

「ケンスケ。下、開けて」

「はい」

一〇一号室の扉が開き、背の低い丸刈りの男の子が出てくる。手に鍵を持っていた。ケンスケは智樹たちをじろりと見てから、階段の裏側に回る。マイに顎《あご》で促され、智樹たちはケンスケの後に続いた。

そこには薄汚れたドアがあった。泥が付着し、シリンダー錠の隙間には落ち葉が挟まっている。男の子は小さな手で、留め金に据え付けられた南京錠を開けた。さらにドアについたシリンダー錠も開く。二重鍵。男の子はドアを開けて中に入る。闇の中で、下り階段が見えた。

「地下か……」

颯太がつぶやく。男の子がスイッチを押すと、蛍光灯がパラパラと音を立てて点灯した。四方をコンクリートに囲まれたかび臭い通路。

埃だらけのクモの巣が見える。獲物は一匹もかかっていない。巣の主は干からびて死んでいた。

階段を下りると、さらにドアがあった。そこの留め金にも南京錠がついている。男の子はそれも外してドアを開いた。

ずいぶん厳重だな。智樹は思う。

異臭が鼻に飛び込んできた。

糞尿の匂いと、何か月も風呂に入っていない人間の匂い。そして腐乱物の匂い。奈々枝がえずく。智樹も思わず顔をそむけた。

「荷物を全部ここに置いて」

マイが言う。否も応もなく、智樹たちはリュックを投げ出した。

「ポケットの中の財布とかもね」

徹底している。四人が差し出すと、マイはひったくるように財布を取った。

「マイお姉ちゃん、服は？」

「とりあえずはいい」

「よかったですね、裸にならなくていいそうですよ」

ケンスケが日名子を見て軽く笑う。

「マイ、撃っていい？」

「ヨウ、ダメ。何か身分証明できるもの、持ってる？」

「持ってないよお。マイ、撃っていい？」

「ヨウ、あんたに聞いてない。何か身分証明できるもの、ある？」

マイは智樹をきっと睨みつけた。

切れ長の目に、肩までの黒髪。鼻筋は通り、薄い唇はピンクに色づいている。ドキリとするほど綺麗な子だった。大人になったら凄い美人になりそうだ。

「……学生証なら、財布の中に」

「学生証ね。みんな、財布の中に入れてるわけ？」

マイがぐるりと見回す。四人は頷いた。

「よし。じゃあケンスケ、とりあえず、四番に全員ね」

「四番ですか？　でも、シンお兄ちゃんが入ってますよ」

ケンスケに聞き返され、マイの顔が少し歪んだ。

「年齢を確認して、処置を決めるまでの間よ。その後は通常の檻に入れる」

「分かりました」

「よし。あなたたち、檻の中で余計な会話はしないように」

マイはもう一度智樹たちを睨んだ。そして財布を持ったまま、カツカツと音を立てて地下から出ていく。その背中にヨウが言った。

「マイ姉ちゃん、撃っていい？」

「ダメだってば。四番に入れたら、ヨウも私の部屋に来て」

ヨウは残念そうに唇を舌で舐めると、喃語《なんご》のように何事かつぶやき、智樹の頭部を銃口で優しく撫でた。


地下には廊下が延び、その両脇に四つのドア、突き当りに一つのドアがあった。右側手前の部屋に『四』と文字が書かれている。文字は大きく、振り仮名までついているあたりが幼稚園を思わせた。

しかしそこは、牢獄以外の何物でもなかった。

「入れ」

ヨウに言われ、智樹たちは足を進める。先に入った颯太が、眉をひそめて鼻をつまんだ。

相変わらずひどい臭いがする。六畳ほどの部屋。四方を打ちっぱなしのコンクリートで固められ、息苦しい。おまるが一つある以外に、家具の類は一切ない。天井には蛍光灯と換気扇。床の大部分は汚水で濡れていて、髪の毛や埃を巻き込みながらゆっくりと隅の排水溝へと流れている。

室内には二人の人間がいた。

一人はスーツを着たＯＬ風の女性。手錠をかけられた状態で、倒れていた。長い黒髪が床に散らばっている。

もう一人は、長髪の痩せた男性。智樹たちとさほど年齢は変わらなそうだ。顔立ちは整っているが、気の抜けたような表情であぐらをかいている。肩のあたりまで伸びた茶色の髪。口を小さく開いたまま、通気口らしき出っ張りに寄り掛かるように座っている。紅茶色の瞳が中空を見つめていた。

「シン兄ちゃん、ごめんね。四人追加するからあ」

ヨウがその男に向かって頭を下げる。そして「早く入りなよお」と智樹の尻を軽く蹴った。

シンは返事もせず、チラッと智樹たちに視線を投げた。すぐに目をそらすと、興味なさそうに頭をかいた。

ケンスケはそれを見てため息をつくと「じゃ」と言ってドアを閉めた。ガチャガチャと、二重に鍵を閉める音がした。

「何なんだ、ここ……」

颯太がそう言って絶句する。

智樹にだって、分からなかった。


蛍光灯は時々ちらつく。光量も低く、薄暗い。

ヨウたちの足音が遠ざかり、ドアの閉まる音が聞こえると、あたりは急に静かになった。数秒の沈黙の後、智樹は颯太の顔を見る。

「どういうことなんだ、これ」

思わず文句が出た。戸惑う颯太に智樹は続ける。

「こんな危険な場所だなんて聞いてないぞ。颯太、お前は知ってたのか？」

「知ってるわけがないだろ」

颯太が言う。

「ここを見つけてきたのはお前だろ？　何も知らないってことはないんじゃないか」

「知ってたら連れてこないっての！」

「だけど……」

「こんなことになるなんて思わなかったんだよ！」

颯太は叫んだ。

「何なんだよここ。銃だぞ？　撃たれたんだ！　女の子は、撃たれた。見たか？　見たよな……グシャグシャだった！　一体、どうして、こんな。一歩間違えたら、撃たれてた！　同じ肉塊に、なってたんだ！」

「やめてよ！」

日名子が叫んだ。

「怒鳴ったって、意味ないじゃない」

颯太は頭を抱える。

「分かってる。分かってる……けど、どうしていいか、分からないんだ……智樹、何とかしてくれよ……マジで。これ、何とかならないのかよ。家に帰れないのかよ。嘘なんだろこれ？　冗談だって言ってくれよ、誰か……」

日名子と智樹は黙って颯太を見る。みんな、どうしていいか分からないのだ。誰かのせいにしたいのは、誰かに何とかしてほしいのは、颯太だけじゃない。

奈々枝は座り込み、グスグスと泣いていた。

「颯太君……助けて……大丈夫だよね？　私たち、すぐ助かるよね？　そうだ、あの人たち、何か間違えただけだよ。私たちのこと、何か勘違いして閉じ込めたんだよ。ほら、泥棒とか……そういうのと誤解してさ……すぐ出られるよ。すぐ出られるよね？　ね？

ね……」

もともと細い体をさらに小さく縮めて、震えながらつぶやいている。颯太はうつむいた。

「ごめん。俺が、探検したいなんて言ったせいで」

「颯太のせいじゃないって」

日名子は言った。

「大丈夫だよ。大丈夫。颯太も、智樹も、奈々枝も、私だって、何も悪いことしてないもん、そうでしょ？　だから胸を張っていればいいんだよ。今何が起こってるかは分からないけど、誠実に生きていれば、きっと神様は見てくれてる。大丈夫！」

日名子は一人ずつ、全員の顔を正面から見ながら、明るく言ってのけた。

「そうでしょ？」

智樹は見つめられ、思わず頷いた。

日名子は白い歯を見せて笑っている。みんなを元気づけるために、意識してのことだろう。その唇が少し震えているのが分かった。日名子もきっと恐ろしいはずなのに。あれだけのものを見たんだ。怖くないわけがない。

それでも仲間のために笑える日名子が、智樹には眩《まぶ》しく思えた。

「そうだね」

そうだよ。智樹は自分に言い聞かせる。連行されている時は何も言えなかった。抵抗も、反論もできなかった。だけどよく考えればやっぱりおかしい。自分たちは何一つ悪いことはしていないのだ。それで閉じ込められるなんて間違っている。これは何かの誤解か、相手の悪行に違いない。誤解はいつか解け、悪は最後に成敗される。大丈夫だ。

「そ、そうだよな」

颯太も言って、弱々しく微笑んだ。

智樹は考える。これまでの人生に危機などほとんどなかった。せいぜい木登りをして落ちただとか、友達と大ゲンカしただとか、ちょっとした悪戯の現場を先生に見られただとか、その程度だ。その全てが最終的には解決した。今から考えれば、大したことではなかった、そう思えた。だから……散弾銃で撃ち殺された人間を見てもなお、智樹は楽観的に考えようとしていた。

結局のところ、智樹はまだ分かっていなかった。

自分たちはここで死ぬかもしれないということを。

世界の現実は、智樹の見てきた十八年間よりもっとずっと残酷で、冷徹で、合理的だということを。


「えーっと、えーっとね、えーっと」

廊下のほうから舌足らずな声が聞こえてきた。

「これ何て読むのかな」

「ナナエと……カゼタじゃね？　タカシ、お前読めないのお？」

「一応確認しただけだっての。ナナエと、カゼタ——。起きてる？」

声変わりした男性の声だ。太く、低い。しかしその口調に落ち着きはなく、幼稚な印象。ちぐはぐだった。

「颯太、のことじゃないかな」

日名子が言う。颯太は立ち上がり、ドアのほうに寄った。

「おーい起きてる？　返事しろよー」

颯太と奈々枝は顔を見合わせる。

ドアを強く叩く音がした。

「お、起きています」

颯太はビクッと体を震わせると、そう答えた。ドアが開いた。

「ナナエと、カゼタだけこっちに来て」

中学生くらいの子供がそう言った。その後ろでヨウが銃を持ってニヤニヤしている。

「早く」

「は、はい」

奈々枝と颯太は部屋を出ていく。取り残される智樹たちに怯えた目を向けながら、二人はドアの向こう側へと消えていった。

一切説明のないまま、ドアは閉じられた。

「……どういうことだろう」

智樹はつぶやく。

「何かひどいこと、されなければいいけど」

日名子も不安そうだ。

なぜ、奈々枝と颯太だけが連れ出された？　大人しそうだからか？　さっきマイは全員の学生証を没収した。そこで何を見たのだろう。智樹たちが全員、ただの学生であることは分かったはずなのだが。

素直に解放される、という空気ではなかった。

何をされるのだろう？

「まさか、拷問とかじゃ……」

智樹の頭の中で、鮮血が飛び散る映像が再生された。あの女の子の光景だ。

拷問程度ならまだいい。殺されてしまったら。もう二度と二人には会えない。

ほんの数分前が、最後の別れだったとしたら……？

「智樹……」

日名子が心配そうに智樹を見た。嫌な想像は止まらない。血の気が引いていく。頭の上半分を吹っ飛ばされた、颯太と奈々枝の姿が見えた。

「ひっ」

智樹は尻餅をつき、後ずさる。

「大丈夫？　顔、青いよ？」

「ご、ごめん」

ハアハアと息をする。冷や汗が落ちる。落ち着け。二人が殺されると決まったわけではない。

「お前、何歳？」

唐突に声がした。かすれたような低い声。智樹と日名子は振り返る。先ほどシンお兄ちゃんと呼ばれていた長髪の男が、こちらを見ていた。

「何歳なんだよ？　あと、あいつらは？　今出ていった奴ら」

「……僕は十八。奈々枝と颯太も、今年十八だ」

「私も十八」

日名子も答える。

「今年じゃなくてよ。現時点で、だ」

「……それだと、奈々枝と颯太はまだ十七かな」

それを聞いてシンは笑った。クスクスクスクスと、女のように笑った。

「やっぱり、そうだよな。まあ安心しろよ。お友達二人は拷問なんかされないはずさ。たぶんな。それより自分の心配をしたほうがいい」

シンの言葉ははっきりとしている。その目には知性が感じられた。

「お前、何か知ってるのか？」

智樹は食ってかかる。

「おいおい、機嫌損ねるなって。俺もお前も、一緒に閉じ込められた仲じゃないか。それによ」

シンはグイッと顔を智樹に近づける。鼻と鼻がぶつかりそうな距離で言った。

「同い年じゃんかよ」

訳知り顔でにっこりとほほ笑む。何なんだこいつは。

「……お前は、いつから閉じ込められてるんだ？」

智樹が聞くと、シンは声を出して笑った。

「それ聞いてどうすんの？　物事は核心から質問していくべきじゃないか？　時間って大切だろ？　まあいいや、信頼関係を望んでいる証拠として、誠実に答えてやるよ。俺がここに入ったのは二か月前くらいかな」

「なぜ、ここに」

「おっと、次は俺の質問だ。一つ聞かせろ。お前ら、コモミを見たか？」

「コモミ？」

「十歳の女の子だ。エンドウマメみたいな顔の形で、眉は細い。鼻は長いが低く、目は丸くてややたれ目。笑うと笑窪《えくぼ》ができて、泣くと鼻の脇に皺《しわ》。髪の色は俺と同じで、背はこんくらいだ」

詳しく説明しながら、自分の下腹部のあたりで掌を動かし、コモミの身長を示すシン。その背丈の少女には覚えがあった。

「ひょっとして、撃たれた子かも……」

「撃たれただって？　拳銃？　それとも、ヨウの散弾銃で？」

シンは聞く。

「散弾銃のほうだ。死んだと思う……」

智樹はしばし迷ってから、ポケットから耳を取り出す。あの女の子の耳だ。みな、ギョッとして智樹の掌を見る。智樹は耳をシンに渡した。

シンは耳をしげしげと眺め、愛おしそうに撫でてからつぶやいた。

「……そうか。死んだのか……」

シンは少しだけ目を伏せた。

「知り合いだったのか？」

「ああ」

それを聞いて智樹と日名子は黙り込むが、シンは特別落ち込んでいるようには見えない。

「あいつも死んだか……」

「ちょっと待てよ、どういうことだ」

シンは肩をすくめる。

「説明してやりたいが、あまり時間がない。いいか？　お前、ここから逃げたいだろ？」

「もちろん」

シンは頷く。表情から笑いが消えた。真剣な声で智樹に向かって言う。

「よし。俺も同じだ。なら覚えておけ。俺は脱出計画を練ってる。お前も乗っかれ。お前らは、これからたぶん別の場所に移される」

「別の場所って？」

「いったん最後まで聞け。いいか、俺は特別なんだ。監禁されているが、特別扱いだ。だから俺だけが、この部屋にいる。それは俺が演技をしているからなんだよ。一つだけ肝に据えろ。俺がお前らと組んで脱出計画を練っているということは極秘だ。そこを奴らに感づかれてはならない。分かったな」

シンは一気に話しきった。

「ちょっと待てよ、もっと筋道を立てて説明をしてくれ」

「ムリだ。さっき、お前の友達が呼ばれただろ？　つまりだな、今まさに、マイが誰をどの檻に放り込むかを考えてるんだよ。じき、お前らもここから出される。そして、どこかの檻にぶち込まれるんだ」

「檻……？」

どこか遠くで、扉が開く音がした。シンが声を潜める。

「ここは、処遇保留の奴向けの部屋なんだよ。普段は事実上、俺の個室になってるけどな。残りは同じ檻の奴らに聞け。もしくは、自分で調べろ。俺も教えられるなら教えてやりたいが、そう簡単には連絡しあえないからな」

気のせいではない。足音が近づいてくる。

「いいか。俺を信じろ。俺と協力することが、脱出の最短距離だ」

「しかし、こんなわけの分からない状況じゃ……」

「仕方ないだろ。わがまま言うな。聞けば何でも教えてもらえる世界に、お前が慣れすぎなんだよ」

二つ目のドアが開いた音。足音がさらに近づく。

「だけど」

「それから一つだけアドバイスだ。通気口の近くに座れ。もしかしたら、うまくいくかもしれない……」

すぐ近くで足音が止まった。

シンが扉のほうを見て、口をつぐむ。

廊下から声が聞こえた。

「これ何て読むの、ヨウちゃん」

「ヒナコと……チ……？」

「これって、樹木の樹、だよな」

「だな。ならチジュだな、タカシ」

「ヒナコと、チジュ――。起きてる？」


さきほどのタカシという声変わりした子と、ヨウに促されて、智樹と日名子は部屋を出た。

「さあ、行くよ」

二人は智樹たちの背中を押すと、扉を閉めて鍵をかけた。

智樹と日名子は暗い廊下をゆっくりと前に進んでいく。

日名子が智樹の顔を見る。心細そうな瞳だった。智樹は日名子を元気づけたいと思った。だけど、どうしたらそれができるのか分からない。

智樹は日名子から目を逸らした。逸らしてしまった。

「タカシ、こいつら何番の檻？」

「一番だってさ」

「オッケー。ほら、さっさと歩けよ」

ヨウたちの会話を聞いて智樹は考える。少なくとも一番から四番までの部屋があることは間違いない。颯太たちもどこかの檻に入れられているのだろうか。同じ檻だといいのだが……。

智樹は足を引きずりながら歩く。まるで本当に虜囚《りょしゅう》のようだと、自分でも思った。


そこを見て、智樹の頭に最初に浮かんできた表現は、『馬小屋』であった。

さきほどまでシンと一緒にいた部屋と比べて、面積だけなら数倍の広さがある。しかし木の板が一定の間隔で並べられ、空間を細かく切り分けている。扉のない個室が並ぶ、公衆便所といった様相であった。中央に通路があり、その脇に五つずつ、個室が並んでいる。

そして個室には、人間が入っていた。

「智樹……これ……」

日名子が何か言う。智樹は言葉を口にすることすらできなかった。目の前の光景に、ただただすくんでいた。

人間は老人から若い女性まで、さまざまな年代の者がいるようだ。ただ、子供はいない。みな便所ほどの狭い空間に大人しく座り込んでいる。着ている服はぼろきれに近く、中には千切れて下半身が露出している者もいたが、それを気にしている様子はない。まるで馬が服を着ないのが当たり前のように。黄色の裸電球が頼りなく照らす中、手前の個室にいる、血色の悪い女のまつ毛が揺れた。

「お前ら、空いているところに適当に入りな」

ヨウに後ろから押されるまま、智樹は室内に足を進めた。

異臭がした。人間の匂いだ。風呂に入らず、洗濯もせず、体に香料を塗ることもない、人間本来の匂い。まるで体を押し返されるような抵抗感だった。智樹は動物園に行くといつも、動物は臭い、そう感じたものだった。まるで人間が臭くないような言いぐさだ。違う。本当は人間も相当に臭い。ただ、現代社会ではその誤魔化しかたを色々と覚えているだけなのだ。

日名子は鼻と口に手を当てていた。智樹もできるだけ息を吸わないように気をつける。

体臭だけではない。糞尿の臭いがする。見ると、奥のほうにポータブルトイレが三つ並んでいた。あの中には、おそらく汚物が入っている……。

ひどい空間だ。

「智樹。空いている個室って、あのそばしか……」

智樹は日名子のいわんとすることを察する。ポータブルトイレのすぐ脇だけ、二つの個室が横並びに空いている。いや、そこを避けるように他の人間が座っているのだ。つまりあそこがこの部屋で、最悪の位置なのだろう。

智樹はヨウを振り返る。何とかしてくれ。勘弁してくれ。

「早く行ったらあ？」

ヨウが散弾銃をこちらに向けていた。キラキラ光る目で。

日名子と智樹はおずおずと進んでいく。悪臭は次第に強くなる。個室の横を通るたび、そこに詰まっている裸の人間が物憂げにこちらを見る。新人に対する好奇も、興味も存在しないようだ。彼らはただ通り過ぎる蝿《はえ》を眺めるように、焦点すら曖昧な瞳で智樹を見た。老年の男性はゴホゴホと咳をしながら。三十代くらいの女性は、自分の湿った髪をクルクルと指で弄びながら。二十代と思われる女性は、だらしなく口と股を開いたまま天井を眺めていた。

「やめ……やめて」

日名子の声がする。智樹はもう一度振り返る。

右側の個室から長髪の若い男が出てきて、日名子に抱きつこうとしていた。その股間には勃起したものが見える。日名子の尻に興味があるようで、しきりにそこに自分の腰をこすりつけようとする。

ナンパでも何でもない。ただ欲情して、後先を考えずに行動しているだけだ。男の目鼻立ちはくっきりしていたが、その表情は狂犬病の野良犬のように崩れている。

やめろ。智樹はそいつを殴りつけようとした。

「やめろっての、アソコ切るぞ！」

それより早く、タカシが男を思い切り蹴りつけた。キャッ、と悲鳴を上げて男は自分の個室に逃げ込む。狭い個室の、奥にしゃがみこんで震え始めた。それを指さして、タカシはクスクスと笑った。

ヨウとタカシが怖いのか、各個室の住人も身をすくめ、怯えた目で震えている。

日名子は涙目でこちらに走ってきた。智樹はその手を取ると、早足で奥の個室へと進んだ。


個室は体育座りをするのがやっとで、足を伸ばすスペースはなかった。ぺったんこになり、垢や汚れの付着した座布団が一つ、申し訳程度に置かれている。何か湿った印象を受け、ひっくり返してみる。裏にびっしりと黒カビが生えていた。思わず智樹は顔を背けたが、仕方ない。まだ綺麗なほうを上にしてそこに座り、足は廊下の側に放り出した。

隣の個室には日名子が入っている。やはり狭いのだろう、姿勢を変えるたびにギシギシと板が揺れた。

智樹は思う。何なんだこれは。家畜扱いか。いや、家畜よりもひどい。

智樹は歯ぎしりをした。

正面の個室には老婆が入っている。うつらうつらと居眠りをしていた。室内には十人の人間がいる。だが誰も言葉を発しない。聞こえてくるのはいびきと、咳と、呼吸の音だけだ。

智樹は違和感を覚えた。ここにいる人間たちは大人しい。家畜のように扱われているというのに、それに順応している気配がある。逃げ出すことを諦めているのか、それともこれでいいと思っているのか。

分からなかった。

不思議な空気が漂っていた。ここで騒いだり、暴れたりするのは場違いだという空気。自分も大人しく、この個室にこぢんまりと収まっているべきだと感じるのだ。みんなが静かにしているからそう思うのだろうか。ここの独特な雰囲気に呑まれてしまっているのだろうか。

智樹は自問する。不法を叫び、暴れてドアを破ろうとしてもいいんじゃないか。どうして誰もそうしない？

分からなかった。

体がだるい。全身が少し熱を持っている。今日はわけの分からないことの連続で、疲れた。まぶたが重い。智樹は目を閉じた。

隣の個室から、すすり泣く声が聞こえた。


いつの間にか眠っていたらしい。

智樹はふと目を覚ました。どれくらい寝たのか分からない。浅い眠りだった。反射的に壁の上側に目をやるが、どこにも時計はなかった。

携帯は没収され、太陽の光が入るような窓もない。時間を知る術がないというのは、ジワジワと不安感を煽られる。智樹は壁に手を触れてみる。コンクリートがひんやりと冷たい。何となく、深夜だろうと考えた。

「……日名子」

智樹は横の個室を覗いてみる。

「智樹」

日名子は起きていた。裸電球の頼りない光が、形のいい頬に陰影をつける。

「私たち、どうなるんだろう……」

日名子は涙声だった。目はこすったらしく腫れている。

「大丈夫だよ」

智樹は言った。それは自分に言い聞かせたい言葉でもあった。必死に励ます材料を探す。

「ほら。あいつが言ってたじゃないか。あの……最初の部屋にいた、シン。あいつは脱出計画を練っていると言っていた。協力すれば、きっと何とかなる」

「だけど。どうして私たちこんなことに。それに颯太や、奈々枝は……」

「……きっと生きてるよ。颯太たちなら」

何の根拠もない台詞だった。日名子も、それ以上聞いても仕方がないと分かっているのだろう。黙って数回頷いた。

智樹はシンの発言を思い出す。待てよ。そういえばあいつ、最後に何か言っていた。アドバイスだとか言って……。

――通気口の近くに座れ。

通気口？

智樹は顎を押さえて考え込む。日名子が不思議そうな顔をした。

確かにそう言っていた。なぜ通気口なのだろう。新鮮な空気が得られるから？　それだけだとは思えない。そうだ、シン、あいつは……あの部屋の通気口に寄り掛かるように座っていた。

まさか、通気口を通じて連絡が取れるのでは……。

智樹は立ち上がった。周囲を見回す。この部屋の通気口は、どこにある？

空気の流れ道らしきパイプが、壁を這っているのが見えた。智樹はそれを目で追う。片方の端は天井を横断して部屋の隅から壁の中に入り込んでいる。

もう片方の端は？

パイプは壁を曲がりくねるようにして智樹のすぐ上を通り、そして下っていく。

正面で眠る老婆の肩。そのすぐ横に直径十五センチほどの、金属網がかけられた穴が見えた。


突然、ドアが開かれた。

室内にざわめきが起きる。ドスリと音がする。廊下からゴミ袋のような大きな袋が投げ込まれた。何の説明もなく、ドアはすぐに閉じられた。

個室に潜んでいた人間たちが緩慢に動き始める。まるで蟻が群がるように、袋の周り、ドア近くの狭い空間に人間が押し寄せる。男も女も、智樹の前の個室にいた老婆も、ヨタヨタとそちらに向かう。

「何だろう」

日名子と智樹はその場に立ちすくむ。

地獄のような光景だった。人間の尻が、足が、胴体が、グチャグチャともつれあって絡み合って、混然としている。誰も場所を譲ろうとはしない。お互いに争いながら、袋を漁っている。一人の男が腰に巻いていたぼろきれが、隣の中年男性とこすれて落ちた。ここの住人の服がボロボロの理由が分かる気がした。ああしているうちに、衣服が破れていくのだろう。

そして、彼らは自分の裸体を見られることはおろか、接触し合うことにも頓着がない。羞恥心というものが消え去っているようだ。

猿に返りつつあるのだと智樹は思った。

さっき日名子に絡んでいた長髪の男が、満面の笑みでこちらに戻ってきた。手には半分ほどにちぎられたコッペパン、そして数枚のキャベツの葉が握られている。嬉しそうにニコニコしながら、自分の個室に入り込む。そして智樹に背を向けて、猛然と頬ばり始めた。

「ああ、そうか……」

餌の時間なのだ。

おそらく残飯だろう。それがこうして袋に詰められて放り込まれる。後は勝手に取り合えと、そういうことなのだ。

一番奥の個室に誰もいなかった理由が分かった。単に便所近くだからというだけではない。入口まで距離があり、食料を得るのに最も不利だからだ。そういえば智樹の近くの個室にいるのは、老人や放心状態の女性など、弱者ばかりであった。比べて入口周辺の有利な位置にいるのは、比較的体力のありそうな青年から中年くらいの男性が多い。

生存競争。

力の弱いものは餌場から追いやられ、餌が得られないことでより弱り、格差が開いていく。強者からより多く税金を取り、弱者には保護を与えるという慈愛に満ちた制度は、ここにはない。

四十代くらいの男が食料を抱え、ずいと奥にやってきた。放心状態の若い女性の前に、ハムを一枚、そしてわずかな量のご飯の塊を置く。女性は漫然と手を伸ばすと、それを口に入れた。男は無遠慮に、咀嚼《そしゃく》する女性の頬を撫でまわす。女性は男性を見ることなく、ただ食料だけを見つめていた。男性はいやらしく笑い、ゆっくりと自分の個室に戻っていく。

あれは嫁か、もしくは愛人のような関係かもしれない。女性が何と引き換えに食料を得ているのかを想像すると、智樹は気分が悪くなってきた。女性の斜め前に座る、中年のおばさんが不快そうに眉間に皺を寄せている。おばさんはあまりいい物を取れなかったらしい。ほうれんそうの茎と、ニンジンのヘタのあたりを舐め取るようにかじっている。おばさんが女性を睨むのは、嫉妬なのかそれとも軽蔑なのか。

ふと気づくと日名子が口に手を当てて、不規則に呼吸をしていた。智樹はその背中をさすってやる。日名子の気持ちは分かる気がした。

何か見てはいけないものを見てしまった。人間の欲望。獣としての本性。それが目の前にぐいと突きつけられた。

似たような構図は現実社会にもしっかりと存在しているのかもしれない。様々な文明のシステムによって見えづらくなっているだけで、世界の本質はこの部屋と大差ないのかもしれない。

しかしそれでも、まだ学生の智樹と日名子にとって、受け入れがたいものには違いなかった。

気持ちが悪い。しかし、その行動は理解できてしまう。あの醜い様。欲望、傲慢、嫉妬、そして堕落……それらの要素は、智樹たちの奥底にも潜んでいるのだ。自分の中にも眠る獣性を、理性が拒絶している。吐き気がしても、嘔吐はできない。それは自分を含む人間そのものへの嫌悪感だった。

「智樹……私……」

日名子が辛そうに声を上げる。

「見ないようにしよう」

智樹はそう言って、日名子に自分のほうを向かせる。

この不快感を取り除く方法は二つしかないことがよく分かった。一つは理性を捨て、彼らと同類にまで堕ちてしまうこと。獣になり、自分の行動を振り返る方法すら忘れてしまえばいいのだ。そしてもう一つは、ここから脱出すること。

「それより、僕に考えがあるんだ。ついてきてくれ」

選択肢は実質、一つだ。脱出。

絶対に、ここから逃げ出さなくてはならない。

智樹は日名子の手を掴み、数歩進んだ。

「え？　でも智樹、ここって」

「いいんだ。日名子はそこにいてくれ」

智樹の個室に日名子を入れ、智樹は正面、老婆のいた個室に体を押し入れる。そこには老婆の私物らしい、薄汚れた黄色いタオルが一枚あった。それをつまんで、日名子がもといた個室に投げ込む。

個室の交換。智樹は老婆の場所を奪ったのだ。

智樹に、他の人間に混ざって餌を取り合うことはできなかった。それはそれでいい。餌は他の奴らにやる。だから自分たちは、別の利を取ることにした。

智樹は壁についている通気口を覗き込む。先が曲がっていて、向こう側は見えない。しかしかすかに光と、風の流れが感じられた。智樹は地下の構造を頭の中に思い浮かべる。この壁から繋がっている箇所というと、真横の部屋……。そこにはシンがいるはずだ。

「智樹」

日名子の声で智樹は振り返る。

よろめきながら、静かに老婆がこちらに戻ってくる。彼女はおそらくこの部屋の最弱者なのだろう。手にしている戦利品はひどく惨《みじ》めなものだった。腐りかけの野菜くず、それも親指の先ほどのわずかな量。それと、ビニール袋そのもの。おそらく底にたまった澱んだ液体を持ち帰っているのだろう。

およそ人の食べ物とは思えないひどい物体を、それでも老婆は大切そうに両手で抱え、一歩一歩智樹の座る個室に近づいてきた。

ほどなくして、老婆は自分の居場所に陣取る智樹に気が付いた。

目やにだらけのまぶたが開き、すっかり皺だらけになった唇がかすかに動いた。

老婆は立ち止まり、智樹をじっと見つめる。智樹はあぐらをかいて座ったまま、じっと老婆を睨み返す。

智樹は、この場所を返す気はなかった。

ここは、通気口のあるこの個室は、脱出への命綱なのだ。譲るわけにはいかない。それに計算もあった。老婆がこの場所から日名子の個室に移るとしたら、わずかではあるが入口に近くなるのだ。老婆がここを気に入っていたとしても、食料の争奪に有利な場所に移れるのなら、歓迎すべきことなのではないか。お互いの利害が噛みあうはず。智樹はそう思っていた。

もしそれでも老婆が抵抗するのであれば……仕方ない。戦ってやる。

智樹と老婆の体力は、比べるまでもない。勝負にすらならないだろう。智樹は力づくでも、場所を奪うつもりだった。

老婆は智樹の考えを察したのか、目を伏せた。そして日名子の個室に放り込まれた自分のタオルを見て、しばらく静止する。そしてもう一度智樹を見た。心なしか、悲しそうな瞳だった。

しばらく見つめ合う時間が続いた。

そしてある瞬間、ふいと老婆は目を逸らすと、自分の運命を受け入れたかのように、静かに新しい自分の個室へともぐりこんだ。野菜くずを震える手で持ち、口に入れる。口中でじっくりとしゃぶるように食しながら、目を閉じた。

智樹はふうと息を吐いた。汗をかいている。

争いは発生しなかった。

先ほどの食事は夕食だったのだろう。

ひとしきり物を咀嚼する音がしたのち、今度は寝息が部屋のあちこちから聞こえ始めた。大きないびきもする。

智樹はあたりを窺った。ほとんどの人間が眠り込んでいるのが見える。だらしなく足を開いている者もいれば、きちんと体を折りたたんでいる者もいた。あの長髪の男は、子供のように丸くなって寝ていた。

日名子はまだ起きている。

「みんな寝たかな」

智樹が声をひそめて聞くと、日名子は頷いた。

「よし」

智樹は通気口に取り付けられた金属網を触ってみる。アルミ製だろうか。撫でると黒い汚れが指についた。錆びてはいない。硬い手ごたえ。

「シン」

通気口のすぐそばまで顔を寄せ、恐る恐る声を出してみる。

「シン、僕だ。智樹だ。聞こえたら返事をしてくれ」

繰り返す。

声はくぐもりながら、パイプの中を通っていく。智樹が何を企んでこの個室を奪ったのか、ようやく日名子も気づいたらしい。固唾《かたず》を呑んで智樹の顔を見ている。

「シン。聞こえているんだろ？　ここの通気口を……」

カン。鋭い金属音がして、パイプが微かに震えた。

智樹は驚いて手を離す。何だ？

しばらく金属網を見つめていると、声がした。

「音、したか」

小さいが、確かにシンの声だった。すぐに顔を通気口に近づける。鉄の匂い。

「した」

智樹は答える。

「オーケー。部屋に奴らがいて応答できない時、俺はこうして通気パイプを叩く。そうしたら速やかに口を閉じろ。そっちでも同様の合図を使うんだ。いいな」

「わ、分かった」

智樹は日名子のほうを見て笑う。よし。連絡が取れた。日名子の表情に光が射した。

「そっちの部屋は、全員寝静まってるんだろうな」

「うん」

「よし。少しは頭が回るようだな。通気口での連絡方法にも気づいていたようだし、一応合格だ。今後も俺とコンタクトを取っていることは誰にも気づかれるなよ」

「気を付ける」

「いいか、ヘマしたら俺はお前を切り捨てる。そのつもりで協力しろ。ただ、ミスをしなければ揃って脱出だ」

「分かった」

シンの口調は高圧的だが、頼もしくもある。

「……シン。少し質問していいか？」

「何だ？」

「この部屋、何なんだよ」

智樹はずっと気になっていることを口にする。シンはしばらく黙ったのちに言った。

「そこにいる奴らに聞いてみたらどうだ？」

「……話しかけられなかった」

「……なぜ？」

聞かれて智樹は考える。なぜだろう。自分の心を思い返す。

「恐ろしかったんだ。みんな家畜のように、この状況を受け入れて過ごしていて……」

何か聞いても、返事が返ってこないような気がして怖かった。いや、それだけじゃない。彼らは本当に家畜……人間が家畜になったもの。彼らに話しかけると、自分も家畜になってしまうような気がした……。

シンは微かに笑ってから言った。

「まあ、間違ってないな。奴らは人以下の存在だ。そういう意味では家畜と言ってもいい……ここでは、『大人』は家畜だ」

「大人？」

「ああ。そして飼い主は『子供』。お前に分かるか？　人間と家畜の違いは、種によるものじゃない。簡単な定義さ、飼われるのが家畜なんだ。つまり、飼われれば、人間だって家畜なんだよ。環境が人間を決定する。お前らもそこに長くいれば、家畜になっていくさ」

ゾクリと背に冷たいものが走った。

「ここは、子供が大人を支配する村なんだよ。大人は子供の管理下で、与えられるものを食べ、手伝いをして暮らす。子供は武器を持ち、外敵から村を守る。そう、お前らのようにひょっこり外からやってくる奴は、捕まるんだ」

「そんな……警察は」

「駐在所は子供の手の中だ。隣町に交番はあるが、パトロールはまず来ない。村の中に警察官はいない。大人は全員この地下にいるんだから、当然だな。ここは表向きは平和な村だ。子供が笑い、遊んでいるだけの、小さな村だ」

「……どうして僕たちは、こんな目に遭わなくちゃならないんだ」

「なんだその発言は？　泣き言か？　それとも答えのない質問の類か。俺はムダな会話をするつもりはないんだ。そんな話なら、壁に向かってしていろ」

「この村は何なんだ？　どうして子供たちが銃を持って、大人を家畜にしている？」

「どうでもいいだろ。理由が分かったからって何になるんだ。お前は外に出てもそんなことばかり質問しているのか？　どうして人間が銃を持って、牛を家畜にしているのかって、聞いて回るわけか？」

にべもない。

シンは智樹を突き放すように続ける。

「いいか、受け入れろ。ここはこういう所だ、見たままの村だ。理由も原因も経緯も関係ない。逃げ出してから考えろ。逃げ出すことだけ考えろ」

智樹は歯を食いしばる。

シンは冷たいようで、その実智樹に檄を飛ばしているのかもしれない。

説明してほしい。助けてほしい。何とかしてほしい。そんな人任せで、餌が運ばれてくるのを待つ雛のような考えを、見抜かれたように思った。

「……逃げ出すには、どうしたらいい」

智樹は質問の内容を変える。

「そう。するべきは、そういう質問だろ」

シンは満足そうに笑った。

「颯太と奈々枝も、助け出す必要がある……」

「奴らの心配は後にしろ。どうせそのうち会うだろうよ。まず、お前に頼みがある。その部屋に長髪の若い男がいるだろう」

「長髪の若い男……」

　さっきの奴だろうか。智樹は振り返る。丸くなったまま、指をしゃぶっている男が見えた。

「ケンジという名前のはずだ。そいつと仲良くなれ」

「何のために？」

「目的は後で伝える。とりあえず仲良くなってからだ。三日やる。三日で、向こうから積極的に話しかけてくる程度の関係になれ」

「……やってみる」

「よし。後はちゃんと飯を食い、よく寝ろ。体力を維持するんだ。餌も寝場所も、できるだけ質のいいものを奪え。競争に勝て。戦ってでもな。躊躇うなよ。奴らは家畜だと思え。お前は人のつもりでいるんだろ。なら、家畜からは奪ってもいいんだよ」

「……分かった」

　智樹は自分を奮い立たせるようにして、そう答えた。

「じゃあな」

「え？　ちょっと待ってくれ、シン」

返答は途切れた。

「シン」

カン、とパイプを叩く音が返ってくる。会話は一方的に終了した。

智樹は通気口から離れ、座り込んだ。日名子が不安そうに智樹を見ている。

「大丈夫」

智樹は言う。

「智樹……」

「大丈夫だ。僕は明日から、あのケンジと仲良くしてみる。日名子はよく寝て、体力を温存してくれ」

「うん……私にできることがあったら言ってね」

「ああ。頑張ろう。一緒に脱出するんだ」

「……うん」

智樹は日名子に眠るように促し、自分も個室に横になった。足を折りたたまないと寝転がることはできないが、それでも座っているよりはだいぶ楽だ。ずっしりと体が重い。床の冷たさが心地いい。疲労がコンクリートを伝って、大地に飲まれていくような気がした。

睡魔におそわれ、智樹は目を閉じた。

「ううう……ううう」

小さな声が聞こえてきた。智樹は目を閉じたまま、ゆっくりと眠りの海に沈んでいく思考の端で、それが何かを探る。

「……ううう」

うめき声のようだ。斜め前、日名子の隣の個室あたりから聞こえてくる。智樹は目を開いた。

「ううう……ううう」

あの老婆が泣いていた。智樹のほうを見て、タオルを口に噛んで、泣いていた。その目は充血している。悔しいだとか、恨めしいだとか、そういう印象は一切なかった。老婆はただ、悲しんでいた。智樹が寝ている個室をじっと見て、顔を歪めて泣き続けていた。哀れだ。智樹は心が痛むのを感じた。自分の祖母を思い出す。いつも優しくて、智樹を叱ったこともない祖母。彼女も大切な物を奪われたら、こんな顔で泣くのだろうか。

奪え。

家畜から奪え。

シンの言葉を思い出して、智樹は腕を組んだ。そしてそのまま、意識して個室全体に体を伸ばしつつ、目を強く閉じる。歯を食いしばり、良心の呵責《かしゃく》に耐えながら……無視しろ、眠るのだ、何度もそう自分に言い聞かせた。

老婆はいつまでも泣き続けていた。

2

智樹は、何かとても楽しい夢を見た。

子供の頃の夢だった。朝起きて公園に行き、虫取りをして、お母さんにおやつを催促した。世界は明るくて、お母さんは優しくて、そんな日が明日も明後日もずっと続くことを知っている。そんな夢だった。

だから、日名子に揺すられて目覚めた時、目から思わず一つ涙が落ちた。

「智樹、おはよう」

「……おはよう」

智樹は目をこすり、あくびで泣いたように見せながら起き上がった。部屋は相変わらずの薄暗さで、朝なのか夜なのかも分からない。

室内は騒然としていた。みんなが動き回り、それぞれに何か貪《むさぼ》っている。

「はい、朝ご飯」

日名子が智樹に差し出したのは、何かの汁が付着してふやけたクッキーと、黒く傷んだバナナだった。思わず顔をしかめる。だが、ここでは上等な食事のほうなのだろう。

智樹は頭を下げて、食料を受け取った。

「ありがとう……僕の分を、取ってきてくれたの？」

「うん。あ、大丈夫だよ。私の分もあるから」

日名子も黒いバナナを剥いて食べている。昨日見たような残飯の争奪戦に、日名子は参加してきたらしい。

「悪い。僕が、日名子の分の食事を取ってくるべきだったのに」

「いいのいいの、助け合いでしょ。智樹、あんまりスヤスヤ寝てるから、起こせなくて」

日名子は笑った。智樹はその後ろで、こちらを見ている男に気づく。あの長髪の男だ。

男は自分の個室で林檎の皮をかじりながら、チラチラと智樹たちを見ていた。

「それにね、私だけの力じゃないんだ。あの人が手伝ってくれたんだよ」

日名子が振り返り、男を示す。男はポッと頬を赤らめ、視線を外した。

「あいつ……ケンジだっけ」

智樹は小声で日名子に聞く。

「そう。智樹、ケンジと仲良くしなくちゃならないんでしょ。好都合だよ。あの人、私のことが好きみたい。それに、思ったほど嫌な人でもなかったよ」

日名子はサラリと言う。

「好きみたい、って……」

智樹は眉をひそめる。昨日あいつは日名子の尻を触ろうとしていたんだぞ。よくそんなに気楽でいられるな。智樹は内心穏やかではない。

「仲良くできるといいね。ね、智樹、頑張ろうね」

「……うん」

智樹は黒いバナナの皮を剥く。中身はドロリと崩れて手の上に落ちた。かなり傷んでいる。ただでさえバナナはあまり好きではないのに、これは勘弁してほしい。しかしそれでも空腹が勝った。食べる前から胃が動き、唾が湧いてくる。

智樹はバナナにかじりつく。うまい。甘味が口の中に広がっていく。そういえば石村についてから、何も口に入れていない。たちまち半分ほどを平らげ、残りを大事に味わっていく。生き返る。同時に、残飯をありがたがって食べる自分が悲しかった。

そんな智樹の前で、日名子は淡々と食事をしていた。きちんと噛んで、ゆっくりと飲みこむ。

「頑張ろうね」

日名子は智樹をまっすぐに見て、もう一度言った。

「『おしごと』の時間だよ」

子供の声とともに扉が開いた。小学生くらいの少女が三人、手に包丁を持っている。

彼女たちは汚いものを見るような目をこちらに向けていた。背後には銃を構えたヨウの姿も見える。

「男三人、手の器用な女五人」

子供は言う。

何のことか分からず智樹が呆然としていると、今度は癇癪《かんしゃく》を起こしたように、床を足で踏み鳴らした。駄々をこねる幼児のそれだ。

「男三人、女五人！　早くっ！」

個室の中にいる大人たちは、みな壁に貼りつくようにし、視線を外して震えている。

一人の男が個室からよろけるようにして出てきた。どうやら隣の個室の女に腕を掴まれて、引っ張り出されたらしい。ケンジだった。

「もういいっ！　お前とお前、それからお前。出てきてよっ！」

子供はもったいぶった仕草でケンジと智樹を指さし、最後に一番手前にいた男を指名すると、クイッと指を手前に引いた。智樹は歩き出す。何をさせられるのだろう。ケンジは悲しそうに首を振ると、嫌々といった感じで立ち上がり、進み出る。

ヨウが智樹たち三人に銃口を向けた。

「さ、行こおかあ」

智樹たちは一列に並ばされる。前に女の子が一人立ち、先導するように歩きはじめた。

「次、女五人。お前とお前と……」

背後から声が聞こえてくる。日名子が心配になって智樹は振り返ろうとしたが、銃身の鉄の香りが鼻先をかすめ、諦めて歩いた。


連れていかれた先の部屋は、「檻」に比べればまだ清潔だった。

隅に黒いビニール袋が五、六個並べられている。床は清掃されているらしく、うっすら湿っていた。奥にはデッキブラシが置かれていた。部屋の隅にはブクブクと泡が溜まっている。

智樹はそこに踏み込んだ瞬間、洗剤の芳香に混じって肉屋のような生臭い匂いを嗅いだ。その瞬間、体がすくむ。

嫌だ。ここは嫌だ。

全身の毛が逆立ち、心臓が高鳴る。足の裏が汗をかき、頬がピクピクと震える。視界が歪む。コンクリートの壁、その直線的な構造が曲がりくねって、遠近感が狂う。同時に視野は鮮明で、ただの灰色の壁がやけに鮮やかに感じられる。

初めての感覚だったが、智樹にはそれが何なのかが分かる気がした。

これは死の予感だ。

猿が散歩中、偶然熊に食われている仲間を目撃してしまった時など、同じ感覚を味わうのではないか。体を食いちぎられ、意識を喪失し、ゆっくりと猛獣の体内に入っていく仲間。それが想起させる、自分の数秒後の未来。

　智樹は死を感じた。

「それを砕くんだよ。粉に近くなるまで、念入りにね」

　子供たちは金槌を渡すと、それだけ告げて出ていった。ケンジともう一人の男は、全てを諦めたように黒いビニール袋を開くと、中身を床に並べていく。ムワッと生臭い匂いが部屋に立ち込める。智樹の目の前にはいくつもの骨が並んだ。おそらくは人間の骨であった。生物室で見た骨格標本にそっくりだ。腕に足、あばら。どこの箇所とも分からぬ骨片。

　骨には血液が付着している。肉が付いているものもある。生の骨なのだ。脂で光っている。ついさっき、死体からちぎりとってきたような。

　顔から血の気が引いていくのがよく分かった。

　智樹の隣で、ケンジともう一人の男が金槌を振り下ろし始めた。ちとせ飴が折れるような音がして、骨が割れる。鋭く尖った部分に、また金槌を振り下ろす。小さな破片が智樹の顔に当たった。

　子供たちは部屋にいないが、扉の外で談笑する声が聞こえてくる。こちらを監視しているはずだ。

やらなくてはならない。それが分かった。智樹は仕方なく金槌を握る。手が震えて取り落としそうになる。服で掌の汗を拭き、もう一度しっかり握る。ゆっくりと持ち上げて振り下ろすと、ガシンと音がして骨が割れ、中の骨髄から何か液体が出てきた。

智樹は胃の中のものが逆流しそうになり、目の前が暗くなるのを感じた。


「おーい、大丈夫ぅ？」

ケンジが智樹を見ている。いつの間にか智樹は壁際に座らされていた。どうやら意識を失っていたらしい。

「あ……」

並んでいた骨はみな砕かれていて、破片をもう一人の男性がビニール袋に流し込んでいる。

「今回は俺とマサオでやっといたよ。こういうの苦手なの？　早く慣れるといいねえ」

ケンジは前歯と犬歯の一つが抜けていた。やや舌足らずに話しながら、目じりをくしゃくしゃにし、ひひひと笑う。マサオと呼ばれた男がチラッとこちらを見た。無関心そうな目だった。

「す、すみません」

智樹は言う。立ち上がろうとして少しよろめく。まだ貧血気味だ。

「最初はしょーがないよ、新入りはいつもそうだもん。今日はまだマシだよ、骨砕きだから。肉剥ぎとか、解体とかはがっちりスプラッタだからねえ」

ひひ、ひ、とケンジは笑う。どこか卑屈な、小動物を思わせる声だ。

「に、肉剥ぎ……？」

「ん、死体処理だもん。ちなみにこの死体の肉剥ぎは、俺がやったんだよ。まいっちゃうよねえ、俺いっつもこの仕事押し付けられるんだ。みんなやりたくないからって、ひどいよね、ほんとひどいよ。でもさ、慣れちゃえばそんなにきつい仕事じゃないけどね。へへ、穴掘りよりはまし」

死体処理だって？「おしごと」が楽しいものではないことは、檻のみんなの反応から察していたが……智樹の手は、細かく震えた。

「……殺人の証拠を隠滅しているってことですか？」

智樹が聞くと、ケンジはきょとんとする。そして口を開いた。

「何言ってんの？　死体処理だよ」

「しかし、こんなふうに人の死体を処理するなんて、違法……」

ケンジは首を傾げる。

「だけど、処理しなかったら、困るじゃん。人って死んだらすぐ、臭くなるんだぞ。虫もわくし、ドロドロ溶けてくじゃん。だからこうやってきちんとバラバラにして、川に流したり、山に埋めたりしないといけないんだよ？」

「そういうことじゃなくて」

「何？　やりたくないってこと？　でも、やらないと困るの自分だよ？　便所に行くの面倒くさいからって、寝床で漏らしてたら、結局は困るでしょ？　それと同じで、面倒な仕事でもやらないといけないことはあるわけじゃん」

話が嚙み合わない。

ケンジも同じように感じているらしく、不安そうに目を動かしながら、智樹の顔を覗き込んでいる。

「あ、あー。死ぬのが怖いってこと？　そういう話？　あ、あーそれなら俺も分かるよ。おにーちゃん、最初からそう言ってよ！　遠回しすぎじゃん、ひひひ」

ケンジは智樹の背を叩いて笑う。

「死ぬ理由はそうね、色々あるからね、気をつけてれば大丈夫よ。一番多いのは病気かな、これは仕方ないね。後は喧嘩ね、喧嘩で死んじゃうことは少ないけど、ケガが化膿《かのう》しちゃうと、割とあっさり死んじゃうよ。だから俺、なるべく喧嘩はしないの、これ知恵な、ひひ」

何を言っているんだろう、こいつは。智樹は眉をひそめる。

「それから、当たり前だけど、ここから出ようとしないことな。子供たちに逆らってみ、すぐに死んじゃうよ。これだけはさ、注意してれば避けられるんだからさ、気をつけなよ。こいつみたいに、ならないようにね」

ケンジは細い足でヨロヨロと歩くと、隅のビニール袋の一つを開いた。

智樹は息を呑んだ。

見覚えのある黒いズボン。その小さな体。あの子だ。散弾銃で撃たれた女の子。シンはコモミと言っていたか。最後に智樹を見つめて死んだ、あの子……その死体。壊れた人形みたいに、ビニール袋に雑に詰められていた。再び意識が遠のきそうになる。智樹は額を押さえて必死に耐えた。

「こいつ、大人を檻に閉じ込めておくのに反対したんだってさ。それで、殺されちゃったー。ざーんねーん」

ケンジはヘラヘラと言うと、ビニール袋を閉じる。智樹は何も言えず、袋に向けて静かに合掌をした。

「あんまり相手にしないほうがいいぞ」

太い声がかけられた。見ると、マサオが腕組みをしていた。

「ケンジは、頭が悪いから」

「どういうことですか？」

マサオは三十代くらいだろう。筋肉質だが身長は低い。丸顔に無精ひげ、小さな目が特徴的だった。

マサオが怖いのか、ケンジはニヤニヤしながら智樹の陰に隠れる。

「どういうことも何も、そのままだよ」

マサオはボソリと言うと、そっぽを向いた。

耳元にケンジの生温かい息がかかる。妙に臭い。

ケンジは口で呼吸をしているらしい。だからいつも口が半開きなのか。

「おにーちゃん、おにーちゃん、名前は？」

ケンジがヒソヒソ声を出す。

「……智樹ですけど」

「トモチね。いい名前じゃん。じゃ、トモチーな。俺に何でも聞くといいよ。俺、先輩だからな。ひひ。でさ、ちょっとお願いなんだけど。トモチーと一緒に入ってきた女の子いるじゃん。あの子さ、俺に紹介してくれない？　俺さ、トモチーと仲良くしたいし、あの子とも仲良くなりたいんだ。へへ、へへへ」

智樹は気色ばむ。こいつ。調子に乗って。

しかし、ケンジが日名子を気に入っているのは間違いないようだ。ケンジと仲良くなるために、日名子の扱いは重要になる。智樹は少し考えてから口にした。

「分かりました。考えておきます」

途端、ケンジが飛び上がる。髪の毛が逆立ち「うひゃほう」と叫ぶ。とても嬉しそうだ。表情がいつにもまして緩み、笑いが抑えられないといった感じでクスクスと笑う。

智樹は呆れる。

小学校の頃クラスに一人はいた、バカだけど悪い奴ではない、そんなキャラクターが思い出された。

「おしごと」は時間で区切られているらしい。

作業が終わって少し経った頃、子供たちが処理室にやってきた。そして骨が破片になっていることを確認すると、来た時と同じように、子供に前後を挟まれた列になって檻に連れていかれる。なお作業が終わっていない場合、居残り、もしくは何らかの罰則があるらしい。ケンジいわく「罰は最悪にきつい」とのことだった。

智樹は檻へと歩きながら、あたりを窺う。

檻にいた他の大人も、みな何か別の「おしごと」をさせられていたようだ。それぞれ、列になって檻に戻ってくる。檻の前の廊下はたちまち混雑し、子供たちが進行管理を行い、順番に檻に収容していく。

息を切らし、疲れ切った表情で歩いてくる大人もいれば、汗一つかかずに悠々と戻ってくる大人もいた。「おしごと」には楽なものとそうでないものとがあると分かる。楽な「おしごと」をめぐる争いが存在するだろうことも。

先がつっかえてしまい、智樹たちの列は廊下の真ん中で立ち往生していた。前を窺うと、老婆がゆっくりと檻に向かって歩いているのが見えた。あの調子で進んでいたら、智樹たちが動きだせるまでちょっとかかりそうだ。

まあいい。

智樹はあたりを見回し、観察する。情報収集をするつもりだった。

廊下には智樹たちが入った檻と同じ部屋が、あと二つ存在していた。となると、地下に閉じ込められている人間は全部で二、三十人はいそうだ。「おしごと」に出ていた中に、シンの姿は見えない。彼はもう収容されたのだろうか。もしくは「おしごと」をあてがわれていないのかもしれない。自分は特別だ、と言っていた。

颯太と奈々枝はどこだろう。無事でいればいいが。

智樹は二人の顔を思い浮かべながら、首を動かす。後ろに並んでいるマサオが、不思議そうな顔をした。

それは思いがけず見つかった。

後方、廊下の奥から颯太が歩いてくるのが見えたのだ。

その長身。短髪。メガネ。優しそうな瞳。間違いない、颯太だった。

「颯太！」

智樹は思わず叫んでしまった。マサオがいぶかしむ。智樹の列を率いている子供がジロリと睨みつけてくる。まずい。智樹は口を押さえ、もう一度颯太のほうを見る。

無事でよかった。颯太たちが連れていかれてから、ずっと心配していた。おそらく颯太のほうもそうだろう。こっちは元気だよ。日名子も大丈夫だ。智樹はそんな感情をこめて、颯太に向かって軽く手を挙げてみせる。

颯太もこちらに気づいたようだった。智樹を見て表情を変える。一瞬だけ笑い、それから複雑な顔でうつむく。周りの子供が颯太を覗き込んだ。その子供と目を合わせた後、もう一度智樹を見た。

もう笑ってはいない。

そして近づいてきた。

智樹はほっと心が緩むのを感じた。颯太の一連の仕草はいつもと同じ。学校で呼びとめて、一緒に購買に行こうと誘った時のように、颯太はゆっくりと近づいてきた。

死体を見たり、骨を砕かされたり……散々なことばかりだった。だからこそ、何も変わっていない颯太の姿が智樹の心を落ちつけてくれる。ここで颯太と話したりしたら、子供たちに注意されるのでは。そんなことがチラッと智樹の頭をよぎったが、それよりも近づいてくる颯太の姿が嬉しくて仕方なかった。

手を伸ばせば届きそうな位置まで颯太が近づき、智樹はもう一度口にした。笑みが口からこぼれた。

「颯太」

颯太は智樹をまっすぐに見ていた。メガネの位置を直しながら、颯太は言った。

「私語禁止だ。黙って檻に入れ」

そして智樹に、手にしたナイフを突きつけた。

「お帰り、智樹」

日名子の口調は明るかった。智樹があまりにも暗い顔をしているので、意識してそうしたのかもしれない。

「『おしごと』、大丈夫だった？」

「うん」

智樹は抜け殻のようにそう答えると、フラフラと端の個室を目指し、そこに座り込んだ。顔を手で覆い、目を閉じる。

「智樹の『おしごと』は何だった？　私ね、同じ作業になった人と仲良くなったの。その人の話だとね、きつい『おしごと』と楽な『おしごと』でかなり差があるらしいの。うまく選ばないと、あっという間に体をダメにしちゃうって」

「そうなんだ」

すぐ横に日名子が座り、智樹に話しかけてくれる。智樹は目を開いた。日名子の顔があった。

「私の『おしごと』は楽だったよ。いわゆる内職ってやつ？　キャラクターのストラップを作るの。マルカンをペンチで開いて、人形とホイッスルを通して閉じる。それを二百個。みんなで千個作った。あれが子供たちの資金源になってるのかな、なんて思った」

「そう……」

ため息をつく。日名子の背後に二つの顔が見えた。一人はあの老婆だ。個室を取られたのをまだ恨んでいるのか、悲しそうな顔でこちらを見ている。もう一人はケンジ。ニヤニヤ笑いながら、日名子を凝視している。智樹が歯を剥きだすようにして睨みつけてやると、二人とも個室に引っ込んだ。

日名子が首を傾げながら背後を振り返り、そしてまた智樹に向き直った。

「智樹は？　危険なことやらされなかった？」

「死体の骨を砕けって言われた」

「……え？」

「死体処理だよ。解体と、肉の処理は終わってて、骨だけになってた。それを砕く仕事……」

「……そんな」

日名子が絶句する。ムリもない。智樹も思い出すと気分が悪くなった。

「まあ、そのおかげであのケンジと、多少は仲良くなれたけど」

「そう……」

「ここは狂ってるよ。本当におかしい。ケンジもおかしかった。あいつ、自分が罪を犯しているって意識がないんだ。明らかに変なのに、間違ってるのに、疑問を持たずに真面目に『おしごと』してるんだ。何だか分からないけど、早くここから逃げ出さなけりゃ……こっちまでおかしくなりそうだ」

「智樹……」

頭を抱える智樹を、日名子は撫でさする。

「……颯太と奈々枝も、危ない目に遭ってなければいいんだけど」

颯太の名前を聞いて、智樹の眉間に皺が寄った。

「あいつら……裏切りやがった」

智樹は吐き捨てるように言う。日名子は顔色を変えた。

「……智樹、どういうこと？」

「僕だって分からないよ」

「颯太たちに会ったの？」

「ああ」

智樹はもう考えたくなかった。あれが現実だと認めたくなかった。しかし何度思い出しても事実だった。

「颯太は子供たちと一緒になって、大人たちを檻に誘導していたんだ。僕が話しかけようとしたら、ナイフを見せて……『私語禁止だ』と言った。全てを拒絶するような口調だった」

「どうして？　颯太が」

「……さあね」

もう質問しないでくれ。智樹にだって分からない。その謎に立ち向かう気力もない。頭の中で颯太との思い出がいくつも浮かんでは消えていく。智樹は黙り込んだまま、自分の頭を拳で叩いた。

こめかみが痛かった。頭の中身がグシャグシャに絡まり合って、何も考えられなかった。

「一日目は問題なかったみたいね」

颯太と奈々枝を見て、マイは言った。ここはアパートの二階。マイは机に座り、いくつかの紙に目を通しつつ、鉛筆を走らせている。仕事をしている大人を思わせるが、その机はよくある小学生用の学習机。ちぐはぐな感じだ。

「ヨウ、あなたから見てどうだった？」

「カゼタは大丈夫じゃないかなあ。あいつ、なんだっけ、チジューだっけ。チジューをちゃんと注意できてたしい」

ヨウがそう言う。颯太はほっと息をついた。

「チジューじゃなくて、トモキって読むんだと思うけど。あと、カゼタじゃなくてソウタね。で……ナナエのほうは？」

「ナナエはダメェ」

ヨウは笑いながら答えた。

颯太は横に立っている奈々枝を見る。奈々枝は顔を真っ白にして震えていた。

「何がダメだった？」

「全然ダメだよお。大人たちを注意できないんだ。怖がってる。これじゃ舐められちゃうよお」

「それはダメだね」

マイは立ち上がると、奈々枝を見る。

「ナナエ、私たちが言ったこと理解してる？」

「は、はい」

奈々枝は必死に返事をする。

「ちゃんと説明したよね。あなたたちはまだ子供。だから、仲間に加えてあげるって。でも仲間のルールに従わなかったら、殺すって」

「分かってます」

「分かってないじゃない！」

マイは怒鳴る。奈々枝よりも身長の低いマイだが、迫力があった。

「説明したよね？　大人は私たちより力があるんだ。そして子供よりはるかに危険。奴らに隙を見せてはならない。もっと緊張感を持たないといけないんだよ」

「でも、刃物を突きつけて言うことを聞かせるなんて、私……」

「言うことを聞かせるんじゃない。脅すんだよ。そして逆らったら、迷わず頸動脈を掻っ切る。そう教えたはず」

ヨウが銃を手にしたまま微笑む。

「簡単なのになあ。殺すのなんてェ」

「ヨウは少し黙ってて」

「はいよー」

マイはもう一度奈々枝に向き直る。そして少し考えたあとに笑った。

「あんた、まだ大人たちに同情してるんでしょ？」

「そんな」

「もっとはっきり言ってあげようか。大人側になっちゃった、トモキとヒナコが心配なんでしょ？」

「それは……」

颯太は気が気でない。そこは嘘でもいい、気にならないと言うべきなんだ。そう奈々枝に目で訴える。しかし奈々枝には伝わらない。

「分かってないのね。いい？　大人はね、邪悪なの。殺さなければ、殺されるでしょ？　分かる？　殺さなければ、殺されるんだよ」

「は、はい。でも……」

「大人たちを同じ人間だと思っちゃダメ。彼らはみんな、『腐り鬼』になるんだ。『腐り鬼』になったら、私たちを食い物にする。自分の身を守るためには、容赦しないことが重要」

（腐り鬼……？）

この地方特有の言い回しだろうか。颯太は首をひねる。

奈々枝は泣きそうになっていた。目に涙を溜めている。

「そんな……同じ人間じゃない、なんてそんなこと……」

「ヨウ！」

マイがイライラした調子で叫んだ。

「ん？」

「こいつをテストしよう」

「テストお？」

「一人、殺させるの。殺せたら合格。仲間に入れてやる。殺せなかったら不合格。大人と同じ檻に……いや」

奈々枝が怯えた目でマイを見る。

「もう檻はいっぱいだから殺してしまおう。不合格なら、ナナエ、あんたは死ぬ。ヨウ、分かった？」

「うん。殺すのは誰？」

「こないだ営業にやってきた奴がいたでしょ。今、四番に入っている」

「沢村ねえ」

「あいつでいい。明日、殺させて。あと、二人の監視は怠らずに」

「分かったあ」

ヨウは頷くと、目を輝かせて奈々枝を見た。ヒッと小さく悲鳴を上げて奈々枝はすくむ。マイがそんな奈々枝に歩み寄り、ゆっくりと口にする。

「ナナエ。大人を殺せ。それができたら、仲間だ。できなかったら――」

奈々枝は虚空を見つめ、歯を食いしばっている。

「お前が死ね」

マイは言った。


颯太と奈々枝には、アパートの一室が割り当てられた。狭い部屋だったが、最低限の家具はあるし、二段ベッドもある。二段ベッドは子供用で、颯太は体を折りたたまないと入れなかったが、それでも智樹たちが押し込められている檻と比べればはるかにましだった。

颯太は天井を見て、ふうと息を吐く。

二段ベッドの下では、奈々枝がまだ泣いていた。

梯子を降りて、奈々枝のそばに座る。できるだけ音をたてないように気をつけた。外には監視がいる。仲間に入れてもらえたとはいえ、子供たちはまだこちらを完全に信用はしていない。不審がられるわけにはいかなかった。

颯太は外に聞こえないよう、小声で言う。

「大丈夫か、奈々枝」

奈々枝は答えない。代わりに嗚咽《おえつ》する音だけがした。

「怖い気持ちは分かる。でも、今はあいつらに従うんだ。それしかない」

颯太は奈々枝の頭を撫でてやる。

「俺たち二人が十七歳だったのはラッキーだった。今はこの幸運を利用しよう。あいつらの仲間になるんだ。安心させるんだよ」

「……颯太は……平気なの？」

「ん？」

「あんなふうに人を殺す子供たちの仲間になるなんて、颯太にはできるの？」

「俺だって怖いさ」

凶器を持つ子供。そして凶器を容赦なく使う子供。彼らは純粋ゆえに迷わない。殺すとなったら殺すことができる。

颯太とはまるで別の人種であった。

「だけど、それ以外に方法はないだろう？」

「私は、怖い。怖いよ」

「奈々枝。しっかりするんだ。それに智樹や日名子は、もっとひどい目に遭ってる。お前も今日、『おしごと』の監督をさせられた時に見たろ？　あの檻。ひどい環境。二人を助けるには、俺たちがしっかりしないとならない」

「二人を助けるって。そんな、どうしたら。あんな子供たちがいるのに、どうやって」

「だから言ってるじゃないか。油断させるんだよ。すっかりあいつらの仲間になったと思わせておいて、裏をかくんだよ。そして智樹たちを助け出して、この村を出る。そのために、まずは監視を外してもらえるまでにはならないと」

「ムリだよ。そんなの、ムリ」

「できる。大丈夫。やるしかない」

「ねえ颯太、聞いた？　私、明日人を殺さなくちゃならないんだよ？　それも、二人を助けるためにやらなきゃいけないの？」

颯太はうっと詰まる。確かにマイはそう言っていた。人を殺せと。

「……仕方ない」

颯太はそう言うしかなかった。子供たちはいつも本気だ。殺させると言えば、本当にやらせるだろう。そしてできなかったら、実際に奈々枝を殺すだろう。

「颯太が代わってよっ！」

奈々枝が叫んだ。悲鳴に近い声だった。颯太は苦しそうに答える。

「代われるならそうしたいよ。だけど、それは彼らが許さない。それよりあまり大きな声を出しちゃダメだ。監視に疑われる」

「颯太は！　冷静すぎるよおっ！　どうして？　どうしてそんなに上手に切り替えられるの？　私、できないよ！　人を殺すなんて……そんなのできない、絶対にできないよっ！　颯太、助けてよ、代わってよおーっ！」

奈々枝はますます大声を出し、そしてまた泣き始めた。颯太はその背中を必死でさすった。

「奈々枝。我慢するんだ。今はこれしかないんだよ、これしか……」

「颯太――っ」

奈々枝は子供のように泣きわめき、颯太の服の裾を掴んでグイグイと揺さぶった。

その目は据わっていた。追い詰められていることがよく分かった。

「……我慢するんだ」

それでも颯太は、奈々枝をさらに追い詰めることしかできなかった。


「おい、生きてるか」

周りの人間が寝静まった頃、智樹は通気口からの声を聞いた。

「……シン」

「応答する前に、人に聞かれていないか、確認はしたんだろうな？」

智樹は念のため周囲を見る。誰もが寝ていた。日名子も。智樹は通気口に顔を近づけて、言った。

「大丈夫だ」

「ならいい。ケンジと多少は仲良くなったか？」

「今日、たまたま『おしごと』が一緒になったけど、向こうから結構話しかけてきた。三日もかからずに、仲良くなれそうだよ」

「へえ、上出来じゃないか」

「こっちからも質問していいか」

「またか。内容によるぞ」

「シン、前に、友達二人は拷問なんかされないはず……そう言ってたな」

「ああ。友達に会ったのか？」

「会ったよ。颯太は、子供たちと一緒になって僕を支配する側に回ってた」

「ほら。俺が言ったとおりだろ？」

シンの笑い声がする。

「どういうことなんだよ。知ってたのなら、もっと詳しく説明しろ」

「あれ、言わなかったっけ。ここでは、年齢が基準なんだ」

「基準？」

「大人と、子供のな……」

「何？」

「十八歳未満が子供で、十八歳以上は大人。マイはお前らの学生証を見て、年齢を知ったんだろう。十八歳以上と未満じゃ、まったく意味合いが違ってくるからな。この村では」

「意味合いって」

「……説明したところで、お前は信じるかな？」

シンの口調には、どこか智樹を試しているような響きがあった。

「もったいぶらずに、言ってくれよ」

「――石尾村には、鬼が出る」

「……何？」

「石尾村は、山と野の間にある村だ。つまり鬼と人の境目にある村。この村で暮らす人間は……普段はもちろん、人間だが……時折山から風が吹く。鬼の気を含んだ、悪い風が。それにあてられると、人の血と肉と骨は腐り、鬼になる……『腐り鬼』だ」

智樹は絶句する。

「鬼は、人を襲う。特に子供がお気に入りでな、好き放題食い物にする。鬼に人の心はない。あるのは残忍な習性のみ、文字どおりの鬼だ。山からの悪い風に対抗できるのは、子供たちだけ。子供たちはまだ若い気を持っているから、『腐り鬼』になることはない。だが、若い気を失った大人は……常に、鬼になる危険をはらんでいる」

「おとぎ話の類だろう、それは」

「それが違うんだ」

シンは真剣だった。

「この村では事実なんだよ。だからこそ、こうして大人が隔離されているわけだろう？」

「まさか……」

「そう。この村では大人はこうして地下に押し込められる。いつ『腐り鬼』に変わるか分からないからな。健康なのは子供だけだ。だから子供は団結し、大人たちを監視して暮らしているんだ」

「その『腐り鬼』ってのは、ゾンビみたいなものか？　そんなバカな」

シンの笑い声が聞こえる。

「そういうのとは違う。外見は、まったく変わらない。ただ、中身がな」

「中身？」

「頭の中身が、汚染されるんだ。人が人に見えなくなる。だから本能のままに襲うんだ。そして、鬼は鬼の味方をする。『腐り鬼』になった大人は、他の『腐り鬼』の行いを咎めない。どんなに残虐なことをしていても、それがおかしなことだと思えなくなってしまうんだ」

「……『腐り鬼』、か……」

「まあ、信じられなくてもムリはないけどな」

「信じられない。正直、信じられないが……」

そこで智樹は口ごもる。

その「腐り鬼」を防ぐために、子供たちは大人を管理している。こんなにも、大掛かりな仕組みで。

「だけど、山からの風でそうなる、だなんて……」

「言い伝えではそうなってるだけの話だ。つまりこれは、一種の風土病なんだろうよ。俺はそう考えてる」

「風土病……？」

「原因は分からない。遺伝的な因子なのか、それとも未知の病原体なのか、特定の栄養素か、あるいは環境によるものか。ただ、それは確実に存在する。この風土病は、大人しか感染しない。そう……これまでの経験上、いちばん若くても十八歳の『腐り鬼』まででしか存在しなかった。そういう特徴を持つ風土病」

「なるほど。しかし、心が鬼になるというのは……」

「別段おかしくもないだろう？　精神疾患だよ。頷き病って知ってるか？　ウェンディゴ症候群は？」

「聞いたこともない」

「頷き病は、アフリカ東部の風土病だ。子供だけが発症する。これにかかると、異常に頷くようになるんだ。何かを食べたり、寒さを感じたりするたびに頷く。頷きすぎて転倒し、怪我をすることもあるくらいだ。原因は不明。地域特有の寄生虫が原因ではないかと言われている」

「ずいぶん詳しいんだね」

「俺なりに調べたからな。ウェンディゴ症候群は、もっと『腐り鬼』に似ている。これはアルゴンキン語族系インディアンの奇病だ。ウェンディゴというのは精霊のことでな。この病気にかかると、自分がウェンディゴに取りつかれたという思いが、頭を離れなくなる」

「……ずいぶん変な病気だ」

「このままでは自分は人でなくなり、ウェンディゴになってしまう、そう怯えるようになる。この状態はまだマシだ。病が進むと、周りの人間が食べ物に見えるようになってくる。人肉が食べたくて食べたくて、たまらなくなる。その気持ちでいっぱいになり、他のことは何もできなくなる」

「本当に存在するのか、そんな病気」

「嘘を言ってどうするんだ。放置しておけば人を襲う。だからその前に処分するしかない。族長自ら、始末することもある。もしくは、自殺するケースもあるそうだ。親しい人を食う前にな」

「治療法はないのか？」

「ある。コップ一杯の、動物の脂肪を飲むことだ。生でな」

「……え？」

「なぜかは分からないが、これで治ることが多いんだ。どうだ？　こんな病気だってあるんだ。『腐り鬼』くらい、不思議でもなんでもないだろう」

「そうかもしれないけど……」

「ウェンディゴ症候群と違って『腐り鬼』が厄介なのは、はっきりした治療法がないことだ。だからどうしても、予防に徹するしかない。この村は、必死に『腐り鬼』と戦っているんだよ。少ない武器で武装し、大人を監視し、時には労働力として使う。そして金を稼ぎ、山菜を採り、野菜を作って毎日を生きていく。時には鬼になった大人を殺処分することもある」

「それで、死体を解体するのか」

「そうさ」

犯罪じゃないか、と智樹が言う前に、シンは続きを口にした。

「余所者には理解できないだろうな。お前らの目線から見れば、ただの人殺しかもしれない。だが、村では生きるために必要なんだよ。それを犯罪だ何だと騒ぐ奴がいる。だから、村は余所者を決して逃がさない」

「……僕たちのように、か」

「ああ。捕らえて、飼い殺す。余所者といえど、『腐り鬼』にならないという保証はない。ここの風を一度でも吸った奴は……発症する可能性がある。十八歳以上は地下行きさ」

智樹は、ずっと感じていた疑念を問う。

「シン。お前は……村の人間なのか？」

「そうだ。今頃分かったのか。俺はこの村で育った。十八歳になるまでは、ここで大人たちを管理する側だったよ。今はぶちこまれて、このザマだけどな」

それで、子供たちに「シンお兄ちゃん」と呼ばれていたのか。どこか特別扱いされているのも、それが理由かもしれない。智樹は一人頷く。

「村の人間なのに、村のルールを破って逃げ出すつもりなのか」

「……ああ」

「なぜ？」

「言う必要はない。理由なんて関係ないだろ？　お互いに逃げたい、それだけだ」

智樹はため息をつく。シンの口調は有無を言わさぬ雰囲気に満ちていた。説明してもらえるのは、ここまでらしい。

「分かった」

「よし。そろそろ俺は寝る。いいか、ケンジと仲良くなっておけよ」

シンはその言葉を最後に、応答しなくなった。

静かになった薄闇の中で智樹は考える。

釈然としないものがあった。腐り鬼となった大人が子供を殺すのと、腐り鬼を防ぐために子供が大人を殺すのと、何が違うのだろう。

通気口から、シンの小さな寝息が響いてきた。


その日、智樹はいつまでも眠れなかった。

腐り鬼。

衝撃的な内容であった。信じられない気持ちはある。嘘ではないか。しかし現実に、今の智樹は普段では信じられないような状況に置かれているのだ。

受け入れるしかない。

智樹はふいに父親の言葉を思い出した。昔、親の言いつけどおりに行動していたら、教師にそれを叱られた。教師と両親、どちらが正しいのかと質問した智樹に、父親は言った。

「いいか、智樹。父さんも、母さんも、自分が正しいと思ったことをお前に言う。そこに嘘はない。しかし、先生も自分が正しいと思ったことをお前に言う。それだけじゃない。この世界にはたくさんの人間がいるんだ。それぞれに自分の考えがあり、自分の真実がある」

何十億の人間と、何十億の真実。智樹はそれを想像しようとしたができなかった。広大な海の体積をコップで量るような、そんな気分になった。

「お前はその無数の真実の中から、信頼できるものをすくいあげ、自分の真実を作り上げなくてはならない」

父親は優しい目をしていた。

「同時に、どんな真実が襲い掛かってきても、動じるな。もともとこの世には無数の真実があるんだ。自分と同じ真実など、ないと思え。受け入れろ。食べて消化して、栄養にしてしまうんだ。そうやって自分の真実を鍛え上げて、前に進め」

受け入れろ。前に進め。

智樹は父親に反発していた。好きではあったが、何となく従うのも嫌で、距離を置いていた。そんな父親の言葉が浮かんできたことが少し照れくさく思えたが、同時に今になって初めて、あの時の父親の真意が分かるような気がする。

肝心なのは、思考を止めずに前に進むことだ。

心の中に火がともったような気がした。

体もうとして横になった時、またあの老婆の声が聞こえてきた。うめくように、個室で何かを嘆いている。背を向けようと姿勢を変えると、何かが体の下で滑るような感触を覚えた。智樹は座布団をめくり、目をこらす。

紙で包まれた、平たいものがあった。

包みを開き、手に取ってみる。写真だった。やや汚れ、色が褪せている。あの老婆が写っていた。幸せそうに笑い、品のいい衣服を身に着けている。手を握っているのは幼稚園の制服を着た、二人の子供だ。おそらく孫だろう。一人はおばあちゃんに甘えるように、もう一人は少し恥ずかしそうにして写っていた。背景には入園式と書かれた看板が見える。

智樹の心がドキリと震えた。まるで宝物のように、座布団の下に隠されていた写真。まさか、老婆は場所を取られたと思ったのではなく、写真を――

智樹は立ち上がり、寝息がする中を老婆のそばまで歩く。

老婆は悄然と床を見ていた。智樹が横に立っても、視線すら向けない。

「ごめんなさい。知らなかったんです」

智樹は頭を下げ、紙に包まれた写真をそっと差し出した。

老婆はそこで初めて智樹を見つめ、不思議そうな顔で写真を受け取った。震える手でそれを見ると、ツウと頬を涙が伝った。

そのまま、おいおいと、泣きだした。大切そうに写真を胸に抱え、子供のように丸くなり、静かに静かに泣き続けていた。

……「腐り鬼」。

それを防ぐためだとしても、どうしてこの人を閉じ込めなくてはならないのか。

やはり、何かが間違っている。

智樹は拳を握りしめた。


颯太は小さな頃から、優しい子だと言われて育ってきた。自分ではただ弱気なだけだと思っている。それでも優しい子だと言われるたび、それはいいことなのだと自分に言い聞かせてきた。

小学校の頃、蟻の巣を破壊する遊びがはやったことがある。男子たちは学校が終わると空き地に集合し、蟻の巣を見つけては蹂躙《じゅうりん》していた。水鉄砲で狙い撃ち、水風船を爆弾と称して投下する。驚き、慌てふためく蟻たち。懸命にもがいて地表に辿りつく者もいれば、水中で動かなくなる者もいた。

靴で踏み、棒で突き刺し、石で潰す。新しい殺害方法を発見すると、他の子供たちから称賛を浴びた。石鹸水を浴びせるとあっという間に動かなくなってしまう。熱湯は、一瞬で蟻を縮こまらせる。足をもぐと、残った部分だけで必死に歩こうとする。頭をもぐと、ピクピクと痙攣《けいれん》する。

笑いながら、楽しそうに蟻で遊ぶ同級生たち。

颯太はどうしても、その輪の中に入ることができなかった。

蟻だって命だ。

一所懸命餌を探しては運び、健気に生きている。逃げ惑う彼らを見て笑い、追い詰める楽しさが、颯太には理解できなかった。いや、百歩譲ってそれが楽しいとしても、実行に移せるのが信じられなかった。颯太だったら蟻が可哀想で、悲しくて、何もできない。

友達は多かった颯太だが、みんなが蟻で遊ぶ時だけは一人ぼっちで、ぶらんこなどをしていた。

奈々枝とはそんな時に出会った。

一緒にぶらんこをしているうちに、颯太は奈々枝が同じような心の持ち主ということを知った。

奈々枝は草相撲が怖くてできないと言う。

根を張り、水を吸い、必死に生きている草花を引っこ抜き、その茎の強さを競うなんて考えられない。同じことを人間でやったらどんな気持ちになる？

真顔でそう言う奈々枝を見て、颯太はそうだよな、そう考えるのが正しいよな、と笑った。

人形遊びやままごとの最中は友達と一緒なのに、草相撲や花摘みになると一人ぶらんこをする奈々枝。彼女の存在は、颯太にとって特別だった。

友達がみんな蟻殺しに興じていても、疎外感を味わうことがなくなった。自分はひょっとして弱気すぎるのか、他の人間と違うのか、などと考えることもなくなった。

奈々枝と話して、遊ぶ。

自分たちは劣っているわけではない。むしろ他が野蛮すぎるだけ。そんなふうに思えるようになったのだ。

こと、他者に対する思いやりについては、颯太と奈々枝の感性は近しいものだった。

だからこそ颯太は、恐ろしくて仕方なかった。

草も抜けない奈々枝が、人を殺すことが恐ろしくて仕方なかった。


その日、颯太と奈々枝はヨウとマイに連れられて地下の一室にやってきた。黒いビニール袋がいくつかと、ホースやデッキブラシなど掃除用具一式がある以外は何もない。ただだっ広く感じる部屋だ。そのほうが作業しやすいのだろう。

「おそうじ室だよ」

マイがさらりと言う。

その部屋で智樹が人骨を砕くよう命令されていたことなど、颯太と奈々枝は知らない。しかし「おそうじ」の意味はマイに聞かされて知っていた。

『腐り鬼』になった大人や、脱走者……裏切り者。その他、私たちに都合の悪い人間は、ここで殺して解体、処理するの」

しばらくすると、小学校低学年くらいの子供が三人、後ろ手に縛られた女性をつれてやってきた。黒い長髪の、スーツを着た女性だ。最初に閉じ込められた部屋にいた人物だと、颯太は気が付く。あの時は気絶していたが、今は意識がはっきりしているようだ。

「お願い。助けて。お願い」

震える声で、しきりに懇願している。

子供たちはそれには答えず、棒と刃物を使って包囲しながら、女性を部屋の隅に追いやる。颯太の背後でヨウが扉を閉めた。

「何をするの。お願い。助けて」

この人物が沢村のようだ。マイが昨日言っていた、奈々枝が殺さなくてはならない人物。颯太はそっと横を窺う。奈々枝は唇を青くして、うつむいていた。

「ねえ、何、お願い、やめて、やめて」

震える沢村に、子供の一人が近寄る。子供は何か悪戯でも企んでいるようにほくそ笑み、背に何かを隠しながら上目づかいに沢村を見た。沢村がいぶかしみながら、子供を見る。颯太には見えた。子供が背中に隠し持っているものが。

スタンガン。

——やめろ。

「きゃあ————っ」

電極を足に押し当てられた沢村は大きな悲鳴を上げて、痙攣しながら床に倒れた。途端に子供たちが歓声を上げる。一人は笑い転げ、ヨウも手を叩いてはやし立てる。マイだけが静かな目で、その様を見ている。

別の子供がスタンガンを奪い取り、スイッチを入れた。電極から火花が散り、バチバチと大きな音がする。沢村は怯えきった瞳でそれを見る。子供は弱者を威嚇するのを楽しむようにスタンガンを振って見せると、さっと沢村の胸に電極を突っ込んだ。

再び大声。

キャッキャッと、子供の高い笑い声が響く。一人が笑いながら颯太のほうを見た。面白いでしょとでも言いたげだ。颯太は必死に口角を上げてみせる。心の中では戦慄が渦巻く。

同じだった。蟻を殺していた同級生と、同じだった。

あの疎外感。あの恐怖。友達が喜んでいる様、それを見て表面だけでも合わせなくてはならない苦痛。それらが颯太の中で蘇る。

沢村は床の上でのた打ち回っている。が、気絶はしていない。

マイが声を出す。

「沢村。いたぶられたくなかったら、正直に答えなさい」

沢村は焦点の合わない瞳のまま、コクコクと頷く。

「あなたは白野田工務店の営業で、浄水器の販売のため、ここにやってきた。これは間違いないね？」

「はい、はい、そうです。お渡しした名刺のとおりです」

「あなたがここに営業に来たことを知っている人物は？」

「いません、いません。前に言ったとおりです、無断で、私が、その、期末前に、成績を上げたくて、いつもの営業ルートから離れて来たんです、あっ、あ――っ」

子供が、スタンガンを押し付けた。しかしスイッチは入っていない。にもかかわらず悲鳴を上げた沢村を指さして、クスクス笑っている。

ひどく残酷だが、そこに嫌らしさはない。

大人が金や性的な欲求を目的に、人をいたぶるのとは違う。子供たちはただ、遊んでいるだけなのだ。蝉取り、プール、魚釣り、ボードゲーム。それらの場で上がるのと同質の声。

純真無垢な虐待だった。

ここに母親が現れ、「お昼ご飯はカレーよ」とでも言えば、わっとスタンガンなど放り出して家に向かって駆け出していきそうな、そんな雰囲気である。

マイは質問を続けた。

「石尾村は、白野田工務店の営業リストには入っているの？」

「入ってません、うちは通常、隣町までしか営業してません、本当です」

「となると……単純な失踪扱いになるわけか。なら、問題はないかな」

「はい、誰にも言いません、だから助けてください、お願いです、あ――――っ」

今度はスイッチを入れた状態で、スタンガンが押し付けられた。沢村は勢い余って壁に体をぶつけ、倒れ込む。子供たちは誰ひとり、自分の行いに疑問を持っているようには見えない。

狂ってる。颯太は唾を飲み込む。

マイがこちらを向いた。

「よし。ナナエ、沢村を始末して」

来た。

奈々枝がビクリと震える。

「し、始末って。え？　え？　始末って何ですか、始末？」

怯える沢村をよそに、ヨウが奈々枝のそばまで歩いてくると、散弾銃を見せた。

「こうやって構える。そして、引き金を引くだけ。簡単でしょお」

ヨウは構え方を簡単に見せると、銃を奈々枝に手渡した。奈々枝は茫然としたまま、それを受け取る。顔色は真っ白だった。

「反動に気をつけてねえ」

ヨウが言う。奈々枝の耳には入っていないようだ。

いつもの奈々枝の怖がり方ではない。震えたり、泣いたり、座り込んだり、していない。口を半開きにして、力の抜けた楽な姿勢で、ただ虚空を見ている。魂が抜け出てしまったようだ。

颯太は歯ぎしりした。

奈々枝は器用なタイプではないのだ。純粋で、感受性が強い。颯太に似ているが、颯太以上に繊細なところがあった。

今回だって、智樹たちと引き離されて、大人を管理する側に回れと言われた時も、奈々枝はいつまでもそれを受け入れられないようだった。颯太は、表面上だけは従っているふりができるのだが。

「あの、マイさん。俺が奈々枝の代わりにやります」

たまらず颯太は言ったが、マイは冷たい視線を向け、告げた。

「次に余計なことを言ったら、殺すよ」

颯太は黙り込む。ヨウがニヤニヤと笑うのが見えた。

奈々枝。

奈々枝がどんなに辛いか、颯太にはよく分かった。颯太だって、銃を渡されて人を殺せと言われたら、相当苦悩するだろう。できるかどうか分からない。

だけど沢村を殺せなければ、奈々枝が殺されるのだ。殺すか、死ぬか……。

究極の選択。

颯太は誰にも死んでほしくはない。しかし、それでもどちらか一つしか選べないのだとすれば、沢村よりは奈々枝に生き残ってほしかった。

奈々枝、頑張ってくれ。奈々枝、死なないでくれ。颯太は祈った。

代わってあげられたらどんなにいいか。

マイは無情にも、奈々枝に言う。

「早くしなさい。やれなかったら、あんたを殺す」

奈々枝は相変わらず夢の中にいるような目つきで、おずおずと散弾銃を構えた。

「そうじゃないよお。こう」

ヨウが片手で奈々枝の射撃姿勢を直し、狙いをつける手伝いをする。間違っても散弾銃をヨウたちに向けないよう、もう片方の手では大きなナイフを奈々枝に突きつけている。

銃口を向けられて、沢村は震え始めた。最初は小さく、次第に大きく。

「やめて。お願い。絶対に誰にも言わないから。お願い。お願い。殺さないで」

颯太は奈々枝を見る。奈々枝の眉が歪み、頬が歪み、口が歪んでいた。

「私、来月結婚するの。ずっと付き合ってた彼氏なの。ほ、本当に大切な人なの。この幸せだけあれば、他には何もいらない。約束する。逃がしてくれたら、一生感謝するから。だからお願い、助けて」

沢村の周りにいた子供たちが、ゆっくりと離れていく。巻き添えを食わないようにと。

「狙いを外さないようにねえ。もっと近づいてもいいいと思う」

ヨウが言う。

「早く」

マイが言う。

「あ、あ、あ、あ、あ……」

小さな声。奈々枝の声だ。カチカチと歯を鳴らしながら、小さく何かつぶやいている。

彼女の心が限界に近いことが、颯太には分かった。

「あ、あ、あ、あ……」

声はほんの少しずつ、大きくなっていく。

ヨウのフォローもあり、照準はきちんと沢村に向けられていたが、奈々枝の腰は大きく引けていた。目は飛び出さんばかりに開かれ、喘ぐように呼吸をしている。

「ああ、ああ……ああ！　ああ……ああ！」

それでも撃たない。次の瞬間、発砲音が響くかと全員が身構えているが、撃たない。

撃てない。

「お願い。私まだ、二十四なの。まだ、やりたいことが、が、い、いっぱいあるの、海外にも行きたいし、いや、いいの、国内でもいい、そうだ、旅行がしたいの、お、お金だって貯めててね、ね、ね」

恐怖のあまり沢村の舌は回らない。

「早くしろ！」

「ああ……あああああ……ああ――――！　ああ――――！」

奈々枝は颯太を見なかった。少しでも目があったら、何か仕草ででも、元気づけてやりたいのだが。颯太は何もできない自分を呪う。その時、マイが叫んだ。

「十秒以内に撃たないと、隣のソウタから殺すぞ！」

颯太は息を呑む。奈々枝の瞳孔がグイと開いた。

「十！」

「お父さんとお母さんをね、あ、安心させてあげたいんだ。わ、私手がかかる子供だったから、ら、ら」

「九！」

「結婚して、ま、孫を見せてあげたくて、で、私、私幸せになったよって、言いたくって、お礼を、お礼をね、これまで育ててくれた、お礼をっ」

散弾銃の銃身が震える。しかし、その揺れが小さくなっていく。

「八！　七！　六！　五！」

「お願い、お願い、お願いいいいい」

沢村は赤ん坊のように泣いていた。奈々枝の目は乾ききっている。

「四！　三！　二！」

颯太は、奈々枝の形のいい鼻から、つうと血が流れるのを見た。

「お願いです……」

沢村は奈々枝を見て、泣きながら笑った。

「一！」

轟音が響いた。

3

その日も「おしごと」があった。

智樹に割り当てられたのは、檻の便所掃除という、これまたあまり楽ではない仕事であった。

今回もケンジ、マサオと組み、智樹はたわしで便器を磨いていた。ケンジは檻の中ではバカにされているようで、いつも嫌な仕事を押し付けられている。マサオは舐められてはいなそうだが、積極的にきつい仕事に志願していた。そして、智樹は新入り。何となくその日一番人気のない労働は、この三人で行うという流れができつつあった。

ケンジと接触したい智樹としては、それでも構わなかったが。

ふとどこかで乾いた音がして、かすかに空気が震えたように思えた。

ケンジがうんざりとした声で言う。

「また明日、死体処理かもなあ」

「どうしてですか？」

「今、散弾銃の音したじゃん。ヨっちゃんが、誰かを撃ったんだよ」

「撃ったって……殺したってことですか」

「そりゃ、そうでしょ。他に何があるのさ」

ケンジはケラケラと笑う。

「人が……どんどん殺されてるっていうのに、何とも思わないんですか」

「何ともって？　逃げ出さなければ殺されないよ。大丈夫、心配ないって。トモチーは怖がりだなあ。ま、仕方ないか、ここに入ったばかりだもんね。俺を見習ってれば大丈夫さっ」

智樹は眉をひそめる。ずいぶん呑気な考えだと思った。

「それによ、俺は子供たちとも仲いいんだ。凄いでしょ？　知ってる？　ヨっちゃん。ヨっちゃんってさ、散弾銃の射手やってんだよ。体格いいもんね、あいつ。でもあいつ、俺のマブダチなんだ。トモチーも俺と一緒にいれば、安全だよ」

鼻をこすってニヤニヤするケンジ。

ヨウと仲がいいだって？　智樹は半信半疑でケンジを見た。これまでの会話で、ケンジがお調子者であることはよく理解している。話半分に聞いておくか。

智樹は磨いた便器にホースで水をかける。薄暗い中とはいえ、便器は白く輝いた。嬉しい。そして同時に、嬉しく感じたことが恐ろしかった。

こんな状況であっても労働の達成感はあるのだ。一日の仕事をして、食事をし、眠る。

仲間と協力して、今日も一日やりきったという充実感。何か一歩前進したかのような手ごたえ。劣悪な環境下なのに、明らかに不当に支配されているのに、それでもある程度満足して眠れそうな気分。

智樹は自分の頬をはたいた。

こうして人間は慣れていくのか。そう思った。

うまくできている。この地下は、うまくできている。適度に「おしごと」が割り振られ、それが終われば食事が貰える。自由はないけれど、命令に従っていれば死ぬことはない。そしてその命令が、そこまで理不尽ではないのだ。

生理的に拒否反応が出る「おしごと」は、それこそ死体処理くらい。後は掃除、洗濯、内職の類だ。食事は不味いが、それでも空腹であれば食べられるだけで満足してしまう。死というリスクを背負ってまで脱出するよりは、ここで生き続けるのも悪くない。諦めと疲労から、そんな結論にいつか達してしまっても、おかしくない……。

智樹の脳裏に、そんな予感が走った。

歯を食いしばる。心の中で自分に言い聞かせる。

何を言ってるんだ。ここで生き続けるなんて、冗談じゃない。絶対にここから出るんだ……。

便所掃除はだいたい終わった。

マサオが他の便器の泡を流し、ケンジが掃除用具をロッカーにしまう。

その姿は、小学校の頃の掃除当番を思い出させる。智樹には、二人が粛々と子供たちに従っていることが不思議だった。

小学生ですら、高学年になれば掃除をサボる奴が出始めるものだ。先生に真っ向から喧嘩を売る奴だっている。しかし彼らに反逆の意思は見えない。大人たちが一斉に反乱を起こせば、いかに向こうに散弾銃があれど鎮圧は難しいのではないか。あまりに従順すぎる。まるで支配される自分の運命を、受け入れているような。

やはり、慣れてしまったのか。

それとも、「腐り鬼」という病は大人たちにとっても恐ろしく、野放しにしておくよりは、ある程度管理された今のほうがいいということだろうか。

とにかく、彼らのようになる前に、逃げ出さなければならない。そう思った。

作業を終え、子供たちのチェックをもらい、智樹たちは自分の檻へと戻る。相変わらず子供たちは武装しているが、その手にあるのは刃物だけだった。反抗すればすぐにでも刺されるだろう。彼らに迷いがないのは分かっている。

しかし、刃物なら何とかなるのではないか。所詮子供の力だ。最初の一撃を何とかしのいで、格闘に持ち込んでしまえば、智樹に利がある。

危険なのはやはり、散弾銃。

あれだけはどうしようもない。その威力を思い出すだけで、智樹はゾッとする。とにかく撃たれたらそれまでだ。銃の性質上、命中率も高い。運よく急所を外しても、手か足をやられたら行動できなくなる。そうしたら、第二射で絶命だ。脱出のためには、あの散弾銃、そしてその射手であるヨウを何とかすることだ。

何とかする……どうすればいい。

智樹が考え込んでいると、奇声がした。

「ケンジ兄ちゃん！　ケンジ兄ちゃあんー！」

思わず顔を上げる。すると、廊下の先から巨体が突進してくるのが見えた。

「おーヨっちゃん、元気してたかあ」

ケンジが笑う。

やってきたのはヨウだった。散弾銃を手にしながらも、満面の笑みでケンジに駆け寄る。

「ケンジ兄ちゃん、また都会の話してよお」

ヨウは目を輝かせる。

「お前なあ、みんなを檻に入れなきゃならないんだろ？　俺と話してると、怒られっぞ？」

「少しくらいなら大丈夫だよお！　ね、こないだの続きお願い！」

ケンジは智樹を見て、仕方なさそうに笑う。

「じゃあ、ちょっとだけだぞー」

「うんっ!」

ヨウはケンジの腕を掴み、廊下の奥へと進んでいく。ケンジは頭をかきながら、ヨウと笑い合っている。

智樹は唖然としていた。

本当に二人は仲が良かったのだ。

それも、あれは相当だ。かなり懐かれている。体が大きなヨウが、ヒョロヒョロのケンジに甘えているというのも異様だったが、事実だった。ヨウは残虐で、人を殺すことを楽しんでいる……そんな印象しかなかったが、彼がケンジに見せた無邪気な笑顔は、年齢相応のそれであった。

智樹の頭の中で何かが繋がっていく。脱出のためには、ヨウの散弾銃を何とかしないとならない。ヨウはケンジと仲がいい。そしてシンは、ケンジと仲良くなれと言った。

……シンの考えていることが、少しだけ分かった気がした。

アパート『富士荘』の最上階には、間取りが他の部屋と大きく異なる一室がある。通常の部屋四つ分ほどの空間があり、収納が多い。防音加工されていて、高級そうなオーディオセットが置かれている。

かつてはアパートの管理人兼大家の住居だったそうだ。今は子供たちが集会を行う際のスペースになっている。

一番広い部屋で、子供たちはホワイトボードを正面に、映画でも見るように扇状になって座っている。颯太は一番後ろの端っこにいた。横には奈々枝が座っている。颯太が握る奈々枝の手は冷たかった。そして震えている。沢村を撃ち殺した時からずっとそうだ。

地獄絵図であった。

初撃は沢村の腹に吸い込まれた。鮮血が飛び散り、沢村はもだえ苦しんだ。しかし一発では死ななかった。沢村はうつろな目で、穴の空いた己の腹を見ると、嫌だ嫌だと泣き叫んだ。奈々枝は一歩前に進み出る。そして沢村の脳天にしっかりと狙いをつけると、迷いなくもう一発撃った。

顔の半分が消えた。

奈々枝の頬には返り血が飛び、靴には床の血が染みこむ。

奈々枝は何か吹っ切れたようだった。いや、限界まで追い込まれて壊れてしまったのかもしれない。その瞳は黒く黒く沈んでいて、そこに何が映っているのか颯太には想像もできなかった。

崩れるように血の海に沈んだ沢村ににじり寄り、奈々枝は何度も何度も引き金を引いた。装弾数は二発。もう弾は発射されない。カチカチと空音だけが鳴る。すると奈々枝は銃を握って振りかぶり、すでに半壊した沢村の脳天を打ち据えようとした。

そこで颯太が奈々枝に抱きつき、止めた。

奈々枝の心臓は早鐘のように鳴り響き、体温は燃えるように高かった。

颯太が奈々枝を抱擁し、ゆっくりと銃を奪い取る。その間奈々枝はずっと天井を見上げていた。

急速にその体から熱が失われていくのを、颯太は感じていた。

やがて奈々枝の体は冷え切ると、震え始めた。

そして今まで、ずっと、震え続けている。

「……奈々枝」

颯太は横の奈々枝に呼びかける。反応はない。

「奈々枝？」

見ると、奈々枝の目は開いていた。床を見ている。奈々枝はまるで人形のようで、力を加えると抵抗なく揺れた。

颯太は座り直す。

奈々枝が壊れてしまった。もとに戻るだろうか。ムリにでも、沢村を撃つのを止めさせたほうがよかったのだろうか。でも、そうしたら奈々枝も颯太も殺される。死ぬよりは、壊れたほうがマシなのだろうか。他人を殺して生きのびるくらいなら、死んだほうがいいのだろうか。様々な考えが颯太の頭の中を通りすぎる。

……前向きに考えよう。

颯太は思う。とにかくも、奈々枝はやりきった。マイが与えた試練を乗り切ったのだ。あの時マイは奈々枝に言った、「合格」と。マイに認められれば、この子供たちの世界で動きやすくなる。そうすれば、智樹たちを助けるチャンスも生まれるだろう。

奈々枝は頑張った。これからは俺が頑張らないと。颯太は拳を握りしめる。

ふと横を見る。

奈々枝が渇いた瞳で颯太を見ていた。口は半開きで顔は白い。髪が乱れている。その顔が死体を想起させ、思わず颯太は後ずさった。落ち着くよう自分に言い聞かせ、何とか平静を保つ。

奈々枝は沢村を見た時と同じ目で、颯太を見ていた。


ざわついていた室内に、ヨウとマイが入ってきた。子供たちは水を打ったように静かになる。

マイは奈々枝と颯太をちらりと見たが、何も言わずにホワイトボードの前に立った。

ヨウは銃を手にし、マイの横に控えている。

「それでは、お誕生日会を始めます」

マイが厳粛な声で言った。

颯太は周囲を見る。異様な雰囲気であった。子供たちは押し黙り、一様に神妙な顔をしている。誕生日会と言えば、もっと楽しげなものだと思っていたが。

「今月がお誕生日なのは、カズマサ君とハナエちゃんの二人。カズマサ君は八歳、ハナエちゃんは十一歳になりました。おめでとう」

名を呼ばれた二人が立ち上がり、前に出ると、パラパラと拍手が鳴った。二人はうつむき、怯えた表情をしている。特に男の子のほうは、今にも泣き出さんばかりだった。

マイが包みを二人に渡す。誕生日プレゼントのようだ。あまり大きくはない。お菓子か何かだろう。店で買ってきたような包装ではなく、明らかに手作りだった。二人はそれを受け取り、子供たちに向かって頭を下げる。そしてもと座っていた場所に戻っていく。

みんなは押し黙っている。

まるで悪事を働いた人間を裁いているような雰囲気だ。颯太はわけが分からず、困惑する。

「来月の誕生日は、シュン君と、サヨちゃんと、カナエちゃんです。残りの時間を、一所懸命生きましょうね」

マイが言った。そこで初めて颯太は理解した。

そうだ。この村では、誕生日はカウントダウンなのだ。

颯太と奈々枝は、最初にマイから説明された。

「腐り鬼」のことを……。

「腐り鬼」と化するリスクがあるため、十八歳の誕生日を迎えた人間は、地下の檻に押し込められる。一度あそこに入れられたら、二度と出ることはない。十八歳未満の〝人間の〟子供たちに管理されながら、残りの人生を過ごすことになる。天寿をまっとうできればまだいいが、檻には定員もあるため、オーバーすれば古参の者から殺されていく。

この村では十八歳になった瞬間、人権を失うのだ。

スタンガンで大人をいじめていた子も、みな、十八歳になればいじめられる側になる。人間でいられるのは生まれて十八年だけ。その先は地下で、人間以下の存在に生まれ変わる。

一年一年、一日一日、人間でいる時間を消耗していくのだ。確実にその日は近づいてくる。地下に入れられる、自分の人生が終わる日が……。

誕生日は、その一里塚なのだ。

だから誰も喜べない。祝うなんて冗談じゃない。誕生日を迎えた子は、また少し自分の寿命が縮んだことを知って恐れる。他の子たちも、自分の未来を想像して震える。

颯太は、子供たちの前で何か話しているマイを見た。

マイだって、そのルールの中で生きているはずだ。彼女が何歳かは知らないが、あと数年で十八になるだろう。それでも彼女は子供たちのリーダーとして鉄の掟を敷いている。そのルールは、彼女自身の未来も閉ざすというのに。

散弾銃のヨウだってそうだ。何年かあと、その散弾銃は別の子供の持ち物となり、彼は一介の奴隷に成り下がる。

理解できない。颯太は思った。

こんな世界が成立していることが、理解できなかった。

十八歳以上は地下行きというルールも、それに従っている子供たちも大人たちも、おかしい。何もかも、狂ってる……。

颯太はポケットの中の針金を握り締めた。

今日、「おしごと」の監督中に拾ったものだ。十分な硬さがあり、かつ曲げることもできる。この状況を打破する鍵だった。

奈々枝は、横に座っている颯太を見ていた。最愛の彼氏である。

彼のこめかみから血が滴り落ちる。血は止まらず、床に池を作っていく。やがて床は全て血に覆われた。血は止まらない。颯太の服に染みこんでいく。赤が下から上り続け、颯太の青いTシャツを紫に変えていく。

あたり一面、血だ。

血、血、血、血。血塗れ。

むせかえるような匂い。血は生温かい蒸気となって空気中を漂い、天井に結露する。やがて露粒は大きくなり、ポタポタと落下し始める。血の雨だ。颯太はもちろん、座っている子供たちにも、前で何か演説しているマイにも、降り注ぐ。全員が頭から足まで血みどろになる。空気中の血は飽和状態だ。呼吸すら躊躇うほど。

奈々枝には、その血が何なのか分かっていた。沢村の血だ。

沢村はまだ死んでいない。奈々枝だけがそれを知っている。

その証拠だってある。颯太の眼球に時々、沢村が映るのだ。彼女は確かに奈々枝を見ている。銃弾を撃ち込んだ時の、あの胡乱《うろん》な瞳で、奈々枝を見ている。

颯太の肩に沢村の髪の毛がまとわりついている。気づけば、あちこちに髪の毛が垂れ下がっている。天井からだ。板の間から、通気口から、スプリンクラーから、電球とソケットの隙間から、エアコンの口から、コンセントから、黒く艶のある髪の毛が何メートルも飛び出している。髪の毛に血が付着し、伝い、ベタベタと粘性を帯びて颯太にくっついている。

胃液が逆流しそうになる。思い切り叫んで、立ち上がり、何もかも破壊してしまいたくなる。が、口と目を閉じて耐える。

ここで我を忘れてはいけない。奈々枝は心の中で繰り返す。

何のために沢村を殺したの。自分を、そして颯太を守るためだ。颯太は絶対に死なせない。颯太と一緒に、生きる。そう決めたんだ。ここで沢村の怨霊に負けたら、全てが台無しだ。私は耐える。耐えてみせる……。

一度深呼吸をして、目を開く。

目の前に沢村がいた。

沢村の目には大きな白い穴が空いていた。瞳はない。颯太と奈々枝の間、その狭い空間にすっぽりと収まり、奈々枝をじっと見ていた。

耐えろ。

奈々枝は自分に言い聞かせる。

沢村は何か言いたげだった。しかし、何も言わない。どこからも音がしなかった。

奈々枝はまっすぐに沢村を見る。睨み返すように見る。

負けるな。

沢村の真っ白な眼球が、ゆっくりと回転し始めた。ああ、分かった。〝裏側〟に行っていただけだったのだ。グルグルグルグル。やがて、日の出のように下側から瞳が現れ、少しずつ上り始める。何かを探しているかのように。そしてついに、奈々枝をその焦点にとらえた。

耐えろ。

奈々枝は耐えた。沢村を見つめ続けた。目をそらさず、意識を外さず、歯を食いしばって頑張り続けた。

どれくらいの時間が過ぎただろう。いつの間にか沢村は消えていた。

子供たちも消えていた。ヨウも、マイも、消えていた。室内の人間は、みなどこかへ行ってしまった。部屋は暗く、血も髪の毛もない。

すぐ横に颯太が立っていた。

「奈々枝、部屋に戻ろう。奈々枝……聞こえるか？　奈々枝……」

泣きそうな声で、そう繰り返していた。

大丈夫だよ、颯太。私が守るから。

奈々枝は頷いて、立ち上がった。

奈々枝が寝つくまでには、長い時間がかかった。虚空を見て何かつぶやき、歯ぎしりを繰り返す奈々枝を、颯太はずっとなだめ続けた。夜の一時を少し過ぎて、ようやく奈々枝は小さな寝息を立て始めた。

颯太はほっと息をつく。

そして時計を見る。頃合いだと思った。

颯太は奈々枝の体にタオルケットをかけると、針金を手にして立ち上がる。

奈々枝が沢村を撃ち殺したおかげで、颯太たちは一定の信頼を勝ち得たようだった。子供たちと同等の個室があてがわれ、私物の一部が返却され、監視の数が減った。

颯太は慎重に扉を開き、周囲を見回す。

やはりそうだ。深夜は監視がいない。子供たちの数はそれほど多くない。颯太たちを一日中フルで見張れるほど、人手は余っていないのだ。

チャンスだった。

颯太は靴を脱いで靴下だけになる。足音を立てないよう慎重に外に出て、ゆっくりと扉を閉める。アパートの廊下には蛍光灯がついていた。しかし、人の姿はない。見つかったらおしまいだ。颯太は物陰に身を隠しつつ、曲がり角ごとに人目を警戒しながら進んでいく。スパイになった気分だった。

地下室の入口までは、あっけなく辿りついた。

腕時計を見る。まだ十分ほどしかたっていない。

いいペースだ。

颯太はポケットから二本の針金を取り出す。ヘアピンほどの太さのそれは、一本は先端数ミリを九十度近い角度で折り曲げてある。

これはフックピックとなる。

もう一本はもう少し手前で折り曲げ、L字型をしている。これはテンション。

どちらも、ピッキング用語である。

入口に取り付けられている南京錠は、颯太の家で郵便受けに使っているものとそっくり。その鍵がいわゆるピンタンブラー錠であると颯太は知っていた。

昔、颯太は好奇心から、ピッキングの練習をしたことがある。

この鍵だったら、簡易のツールでも開けられるはず。颯太は左手で鍵穴にテンションを突っ込み、右回りにねじり、力をかける。ここの力加減が重要だ。やり方を思い出しながら、額の汗を一度拭き、今度は右手でフックピックを入れる。テンションの圧力を維持しながら、トップピンを手探りで弾き上げる。スプリングでトップピンが戻ってきてしまった。テンションの力が弱いのだ。テンションを使って鍵穴にかける圧力は、強すぎても弱すぎてもいけない。その微妙な調整が、ピッキングで最も難しいところだ。

もう少し左手に力を入れて、テンションをねじ込む。そしてもう一度トップピンを弾き上げる。

……入れ。

颯太の祈りに応えるように、カチリと音がしてピンが止まった。

よし。

同様の手順で二本目のトップピンをフックピックで押し上げると、軽い手ごたえがあり、鍵が開いた。颯太はほっと息をつく。腕時計を見る。経過時間二分。

次はドアと一体化している鍵のほうだ。

颯太はもう一度背後を見る。誰もいない。大丈夫。緊張のせいか、拭いても拭いても汗が流れてくる。急がなくてはならない。時間をかけすぎるのはまずい。

ドアの鍵はよくあるシリンダー錠だ。最初にここに入った時、リングの部分に落ち葉が挟まっていたのを颯太は覚えていた。記憶が確かなら、開けられるはずだった。祈るような思いで銀色のリングに触れ、手前に軽く引いてみる。リングは簡単に動いた。扉とリングの間に一センチほどの隙間ができる。

やった。やっぱり対策されていないタイプの鍵だった。

颯太は思わずガッツポーズを取る。

颯太は別の針金を取り出す。今度の針金は少し長く、一度折って二重にしてあり、やはり先端を少しだけ折り曲げてある。颯太は隙間から針金を入れ、上のほうを探っていく。

……ここか。

鍵にはカムという部分がある。デッドボルトに直結する歯車だ。隙間から強度のある針金を入れ、カムを回してやると、デッドボルトが外れ、一発で鍵が開く。カム送りというピッキング手法だ。颯太は力が十分に伝わるように角度を調節し、針金をグイと押し込んだ。小さな音がしてデッドボルトが引っ込んだ。

経過時間四分。いいペースだ。

颯太は開いた南京錠を床に置くと、できるだけ静かに扉を開き、体を中に滑り込ませた。

二番目の扉の南京錠も同様に開き、颯太は檻の並ぶ地下室へと入り込んだ。最低限の明かりだけが灯る、薄暗い廊下。あちこちからいびきが聞こえてくる。

誰にも気づかれたくなかった。颯太は目が慣れるのを待ってから、慎重に中へ進んだ。

智樹と日名子が入っている檻は、確か一番だったはずだ。扉の前まで進み、留め金に取り付けられている鍵を見る。

颯太は顔を歪める。

扉の南京錠とはメーカーが違った。嫌な予感がした。

先ほどと同じようにテンションと、フックピックを突っ込んでまさぐっていく。一つ、トップピンを上げた。しかしすぐに戻ってしまう。テンションのかけ方が悪い。もう一度。トップピンが上がる。次。すぐに前のトップピンが戻ってくる。何度かやってみるが、うまくいかない。

颯太は顔を下げ、鍵穴を覗きこみながらフックピックを動かしてみる。明らかにさっきの鍵よりも難しい。また、トップピンの数がだいぶ多いようだ。ピッキングの難易度は、トップピンの数で大きく変わる。二本くらいなら簡単だが、三本、四本となると加速度的に難しくなっていく。

そううまくはいかないか。

ここが開いて、一気に全員で逃げ出せたら最高だった。しかし、それはムリのようだ。颯太は諦め、南京錠を手放す。つる部分が銀色に輝いた。おそらくステンレスだろう。これでは、金ノコで強引に切断するのも難しそうだ。いっそ、留め金を外せないだろうか。しかし留め金はドアに完全に固定されていて、ドライバーを差し込む隙間もなかった。開けるには、鍵を手に入れるしかないだろう。

腕時計を見る。部屋を出てから二十分が経過していた。さすがにそろそろ戻ったほうがよさそうだ。

颯太は最後の針金を取り出す。扉が開けられない時のため、用意したものだった。先端を丸く折り曲げていて、おたまのような形状になっている。颯太は念入りにあたりを窺いながら、それで扉を叩いた。ほんの小さな音がした。

一回、二回、三回のリズムで叩いた。

最初に気が付いたのは、日名子だった。

夕食が終わってからずいぶん経つが、朝食にはまだ早い。この時間に檻にやってくる人間はいないはずだった。しかし扉の外では、かすかに人の気配がする。やがてノックの音が聞こえ始めた。何かの合図のような、規則的な音だ。

「ねえ、智樹」

日名子は小声で智樹を起こす。智樹は少し唸り声を上げたのち、薄眼を開けて日名子を見た。

「智樹。何か変な音がするの」

「変な音……？」

一回、二回、三回。檻の中の反応を確かめるように、その音は規則的に続いていた。それに気づき、智樹は飛び起きる。前もって取り決めがあったわけではない。しかし、こんなことを外からしてくる人間は……。

智樹は足を忍ばせて扉に近づく。扉には小さな窓があり、外の様子が見えた。

やっぱり颯太だった。

颯太のほうからも智樹が見えたようだ。破顔する颯太のすぐそばまで智樹は近づく。扉を挟んで二人は並んだ。ひそひそ声で颯太が言う。

「智樹、無事だったんだな。よかった」

「颯太こそ。忍び込んできたのか？」

「うん。ピッキングしてきた。ちょっと前に練習しててよかった」

智樹は思わず笑ってしまう。

「お前、凄いな。そんなに簡単にできるものなのか？」

「錠によるんだよ。簡単なものは本当に簡単だからね。でも、ここの扉のやつは開けられなかった。悔しいけど、出直すしかない」

「そうか。奈々枝は？」

「無事さ」

「そうか」

智樹はほっと胸を撫でおろす。

「俺と奈々枝は十八歳未満だから、子供の仲間に入れてもらえたんだ。奴らの前では、すっかり子供側になった振りをしてる。こないだはナイフ突きつけたりして、悪かったな。あの場ではそうするしかなくて」

「……大丈夫だよ。助けに来てくれてありがとな」

智樹は言いながら、涙が出そうになるのをこらえる。

よかった。やっぱり、颯太は友達だったのだ。

一瞬でも彼を疑い、責めそうになった自分が恥ずかしかった。

「奈々枝も子供たち側になるために、頑張った。お蔭で、子供たちに信頼され始めてるんだ。うまくやれば、逃げ出せる。待っててくれ」

「颯太……」

「今日はここまでだ。そろそろ部屋に戻る。三十分以上留守にしたくないんだ、帰る時に逆カム送りして、扉と鍵を元どおりにしておかないとならないし。でも後日、必ずもう一度来る。その時は何とかして鍵を持ってくるよ」

「頼む」

颯太は時計をしきりに気にしていた。かなりムリをして、来てくれたのだろう。

「しかし智樹、よく俺の合図が分かったな。忘れてるかと思ってた」

「忘れてる？　あんなことするのは、颯太くらいかなと」

「何だ、忘れてるんじゃないか。小学校の頃、親に黙って出かける時にあのリズムでお前んちの窓叩いたろ」

「ああ……そういえば」

智樹が頷くと、颯太は笑った。

「まあいいや。結果オーライってことで。じゃ、もうしばらく辛抱しててくれ。当たり前だが俺が来たことは誰にも悟られないようにな」

「分かってる」

「オーケー。じゃあな」

そう言って軽く手を上げると、窓から颯太の姿は消えた。智樹は見る角度を変えてその後ろ姿を追いかける。颯太は出口のほうへ、早足で進んでいった。

智樹は日名子を振り返り、声を出さずに笑いあった。

「誰か来ていたのか？」

智樹が個室に戻ってしばらくあと、通気口からシンの声がした。探るような声であった。智樹は一瞬迷う。彼に真実を告げるべきだろうか。

振り返り、日名子を見る。日名子は不安そうな顔で、首を横に振った。

……そうかもしれない。

智樹たちはシンに、何の義理もない。不用意に秘密を知る人間を増やす必要は全くない。それは智樹にも分かっていた。

智樹は日名子を見て、首を振ってみせた。日名子がしばし考えたあと、仕方なさそうに頷く。受け入れてくれた日名子に感謝しながら、智樹は口を開いた。

「颯太が来た」

「……へえ。この時間に？」

智樹の中では計算があった。颯太の計画が失敗する可能性もある。それに備えて、シンとの関係も維持しておくべきだ。

「ピッキングで鍵を開けてきたそうだ」

「ずいぶんな特殊技能をお持ちだね」

それに情報を共有しておくことで、計画の精度は上がるだろう。シンは村の制度や仕組みについて色々と知っている。味方につけておいて損はない。そう思ったのだ。

「次は檻の鍵を入手してくると言っていた」

「そりゃ、素晴らしい」

……計算では、そうだ。

しかしどこかで、感覚的なものもあったかもしれない。

智樹は嘘をつきたくなかったのだ。シンを信頼しているわけではない。ただ、自分の生き方として、卑怯な真似をしたくなかった。

自分は甘いのだろうか。智樹は唇を噛む。

シンが言った。

「だけど、檻の鍵はマイが管理しているから、簡単には入手できないだろうぜ」

「何？」

「マイだよ。颯太と奈々枝を除くと、子供たちの中では最年長になる。今のリーダーだ。

あいつは用心深いし、頭もいい。俺は颯太がマイに試されている可能性もあると思うね」

「試されている？」

「ある程度泳がせて、様子を見ているってことさ。ここに来ていたのが分かったら、颯太は即、処罰されるだろうな。当てにしないほうがいい」

くつくつと押し殺した笑い声。

智樹は考え込んでしまう。颯太は慎重な性格だ。大丈夫だとは思うが。

「まあいい。もしうまくいけば御の字だ。さて、ケンジとは仲良くなったな？」

シンは話題を変えた。智樹は頷いて言う。

「ああ。なぜか分からないけど、向こうからよく話しかけてくるよ。日名子のことも気に入ってる」

「あいつ、アホだからな。自分より下の奴ができて嬉しいんだろう」

「……そうなのかな」

「オーケー。準備は順調だな。俺の脱出計画だが、見当はつくか？」

「ケンジを使って、ヨウを無力化する」

シンが軽く手を叩く音がした。

「そんなとこだ。いいか、村の子供たちはみな武装している。だけど大抵が包丁や、果物ナイフとかで、危険な武器はほんの一握りしかないんだ。特に飛び道具となると、散弾銃と拳銃が一丁ずつ、これだけだ。散弾銃はヨウ、拳銃はマイが所持している」

「……なるほど」

「散弾銃というやつは、子供にはそう簡単に撃てない。ある程度の体格が必要なんだよ。大人が使う猟銃だからな。そして弾を込めたり、正確に的に当てたりするためには練習と知識がいる。子供の中で体格に恵まれていて、経験を積んでいるのはヨウ、ただ一人だ」

「ヨウを封じ込めてしまえば、散弾銃は機能しなくなるということか」

「そういうことだ。いいか、脱出のタイミングで、ケンジを誘導しろ。そしてヨウに当たらせるんだ。あいつはケンジの話を聞きたがる癖がある。ケンジはもともと、東京でチンピラみたいなことをしていたそうでな。その話に興味しんしんなんだよ」

「ずいぶん詳しいんだな」

「……」

「……まあ、ヨウに対しては分かったよ。肝心の、ここから出る方法についてはどうするつもり？　颯太には頼らないんだろ？」

「それはまだ教えられない」

「なぜ」

「不確定事項が多いからだ。いいか、お前はケンジとヨウが一緒に話す機会を作れ。何ならお前も含めて、三人で雑談したっていい。そういう機会を増やしておいて、不自然でないようにしておくことが重要だ。村の外の話をすれば、ヨウは喜ぶはずだ。タイミングが来たら、俺から脱出方法を伝える」

シンは一方的に言うと「じゃあ、また」と言って通気口を一つ叩いた。それきり、向こうからの応答はなくなった。

智樹は日名子を見る。日名子は無言で頷いた。今はシンを信じるしかない。

智樹は個室に潜り込むと、休息を取り始めた。

日名子は個室に入り、体を横たえる。

眠れない。颯太が危険を冒して助けに来ようとしていること。シンの計画。奈々枝はどうしているのか。色々なことが頭に浮かんで、落ち着かない。

少し体勢を変えて、智樹のほうを見てみた。智樹はすっかり寝息を立てている。疲れているのだろう。智樹が精神を張り詰めさせているのが、日名子には分かっていた。だからこそ、なるべく弱音を言わないようにもしている。

頑張らなくちゃ。逃げ出す時に、足を引っ張るわけにはいかない。私も、頑張らなくちゃ……。

その時、日名子の視線の先、入口に近い個室で何かが動いた。

思わず息を呑む。一人の男性と目が合った。

どうしよう。起きている人がいたんだ。いつから起きていたのか？　さっきの、シンとの話を聞かれただろうか。いやもっと前、颯太が来た時から聞かれていたら……どうしよう。日名子の頭の中でいくつかの考えが交錯する。

日名子が何か言う前に、男性が口を開いた。

「聞いたぞ。ここから逃げ出すんだな」

愛想のない、ぶっきらぼうな声。威嚇されるようにも感じる。

「……はい」

日名子は震えながら答える。

完全に聞かれていた。子供たちにばらす気だろうか。自分も一緒に連れていけと言うのだろうか。もしくは、黙っていることを条件に、何かを要求されるのだろうか。

「気をつけて行けよ」

しかし日名子の怯えとは正反対に、男はそれだけ言った。そしてもうこちらには関心がないとばかりに、体を横たえてそっぽを向いた。

「……あの」

「ん？」

「見逃してくれるんですか？」

男が再びこちらに顔を向ける。照明の光が当たり、その造作がよく分かった。

「見逃すというか……好きにしたらいい」

よく智樹や、ケンジと一緒に「おしごと」に出かけている人だった。腕っぷしはよさそうなのに、ほとんどわがままを言わず、割り当てられる「おしごと」に黙々と従っている姿が印象的だった。

「マサオさん、ですよね」

「ああ」

日名子とマサオは小声で会話を続ける。

「ここから逃げたいとか、思わないんですか？」

「思わない」

「子供たち側……ってことですか」

「そういうわけでもない。だがお前たちは、逃げるべきだ」

マサオの考えていることがいまいち分からない。日名子はさらに質問をする。

「ならどうして？」

「俺は逃げてはいけないんだよ」

「……意味がよく分かりません」

「罰を受けているんだ」

「罰？」

「罪を犯したから、ここに入れられた。だから子供たちには逆らわない。それが罪を償う方法だから。そう思っている。だが、お前たちには罪はない。だから逃げろ。気を付けてな」

マサオはポツポツと、途切れ途切れにそう言うと、日名子に背を向けた。

もう話すことはない、といった態度だった。


できるだけ音を殺し、颯太は階段を上りきった。廊下の前で停止し、顔だけを突きだして子供たちがいないか確認する。次に背後を見る。誰もいない。

階段の先には闇が広がっている。闇の奥に目をこらす。今にも、そこから誰かが現れそうな気がする。

心に渦巻く不安を押し殺し、颯太は廊下へと躍り出る。

鍵は全て元に戻した。足跡はついていない。誰にも気づかれていないはずだ。とりあえず、うまくいったと言っていい。

自分の部屋に颯太はゆっくりと近づいていく。奈々枝が寝ている部屋。そこに辿りつけば、一息つける。

音を立てないように。ポケットの中の針金は布で包んであるが、時々かすかな金属音を出す。颯太は歩き方を変え、針金ができるだけ動かないように工夫した。

部屋を一つ、また一つ越えた。もう、自分の部屋の扉がすぐそこだ。最後まで気を抜いてはいけない。颯太はドアノブに手をかけ、一秒に数度ずつ、静かに回す。回り切ったところで今度は引く。扉は少しずつ開いていく。錆びた蝶番の音を、できるだけ消したかった。

一ミリ。五ミリ。一センチ。扉が開く。その向こう側、真っ暗な室内が見えた。

そこで、颯太の手は止まった。

隙間に眼球があった。

その黒目は闇と同じ色に塗りつぶされている。白目は水気がなく、発泡スチロールのようだ。眼球は動かなかったが、ただ颯太を見ていた。

奈々枝だった。

扉のすぐ向こう、一センチも離れていない場所に、直立不動で奈々枝が立っている。いつからそこに立っていたのか。ずっと前から立っていたのか。まさか、颯太が静かに部屋を抜け出した時から……？

虫の声が聞こえる。颯太の心臓がドクドクと脈を打つ。

颯太はおずおずとドアノブを引いた。目の前の扉が開き、颯太が現れたというのに、奈々枝はまばたき一つしなかった。その唇は真一文字に閉ざされている。

「な、奈々枝……起きてたのか」

颯太は小声で呼びかける。

奈々枝は答えない。ただ、颯太を見ている。

「とりあえず中に入れてくれ」

驚いたが、このままでいるわけにもいかない。偶然子供たちが通りかからないとも限らないのだ。颯太は奈々枝の肩に手を伸ばし、室内へと促そうとした。

触れられなかった。

奈々枝はすいと、まるで幽霊が動くかのように後退した。颯太は戸惑いながら、奈々枝を追う。背後で扉が閉まった。部屋は暗く、奈々枝の白い肌がやけに目立って見える。奈々枝はどこに焦点を合わせているのか分からない瞳で、こちらを見つめたままゆっくりと後ろに歩いていく。着ているのは薄く、白いシャツだけ。うっすらと乳首が透けて見え、シャツの下からは二本の足が伸びていた。

「颯太君。どこに行っていたの？」

奈々枝は口をほとんど動かさずに言う。

無表情のままだ。

「颯太君。どこに行っていたの？」

数秒の間をおいて、奈々枝はもう一度言う。颯太はなぜか緊張しながらも、答えた。

「智樹のところだよ」

「智樹君の……？」

「ああ。智樹たちを助けられるかもと思って、ピッキングで扉を開けたんだ」

「たすける……ぅ」

奈々枝は口の中で、モゴモゴと何か言う。

「だけど最後の鍵だけ開けられなくて、戻ってきた」

「心配したんだよ？」

奈々枝の声に抑揚はない。なぜか、奈々枝とは別のところからその声が染みだしてきているような錯覚に陥る。

「黙って行って、悪かった。だけど奈々枝は疲れてるみたいだったから」

「心配したんだよ？」

「奈々枝、悪かった」

「心配したんだよ？」

「だけど誰にも見つからなかったし、大丈夫だ……」

「心配したんだよ？」

そこで颯太は異常に気が付いた。奈々枝が目を見開いていく。何かに興奮しているのか。白目の占める面積が増え、相対的に黒目が小さくなる。腕が震え、足が震えている。

「心配したんだよ？」

その声が、何か危険な猛獣の唸り声のように思えた。


奈々枝には見えていた。颯太と一緒に入ってきたあいつが。

沢村である。

颯太に沢村が見えないことにつけこみ、付きまとっているのだ。颯太の背後でニヤニヤと笑い続ける沢村。その頭は右半分がない。頭蓋の中には土が詰まっていて、何か植物が植えられている。それは朝顔のようにつる性で、なくなった頭からダラリと垂れ下がり、床を這っている。ところどころについている、黒い色をしたつぼみ。それがプチプチと音を立てて開く。中から髪の毛とともに粘性の液体が出てきて、床を汚していく。

颯太の足元が、黒い液体で浸されていく。

虫唾が走る。

「颯太、分かって。危険なの」

それでも奈々枝は、取り乱さない。静かに颯太を諭す。

この光景は、自分にしか見えていない。冷静な奈々枝には、それが分かっていた。沢村が生きていることを颯太に伝えるのは、無用の混乱を招く。それよりも、颯太を守るために全力を尽くすほうが先だ。

「私たちに今、とても大きな、危険が、迫っているの」

沢村の姿はいつの間にか消え、つるだけが這いまわっている。細いつるにはまるで百足のように細かな足がついている。二つの節を持ったその足が、天井やら壁やらを音を立てて這いまわり、汚していく。

「分かってる」

黒い液体で濡れた颯太の口が、そう言った。

「分かってない。颯太は本当の意味で、分かってない。全然分かってない」

後ろの窓から沢村が半身だけ覗かせて、笑っているのが見えた。背後なので肉眼で確認できるわけがない。しかし見えるのだ。分かるのだ。奈々枝には、それが事実だと確信できた。

「私は守ったんだよ。颯太を守ったんだ。沢村を殺して、颯太を守ったの」

そのせいで、奈々枝はこんなひどい目に遭っている。

「沢村は私が引き受けたんだよ。何のため？　颯太のためだよ。私が殺されるだけなら、まだ、私は沢村を殺さなかった。でも、颯太のため、殺したんだ」

目の前に沢村のつるが伸びてくる。尺取虫のように伸縮を繰り返しながら、颯太と奈々枝の間を揺れている。鱗粉のような黄色い粉が、そのたびに飛ぶ。どうしても気を取られて、奈々枝の言葉はたどたどしくなる。それでも奈々枝は精一杯集中して、颯太に声をかけた。

「なのに颯太はどうして、そうやって危険を冒すの？　どうして、自分から危険なところに行こうとするの？　それがどういう結果をもたらすか、分かってるの？」

本棚の下、数センチの隙間に沢村がいる。目は見えないが、こちらを気にしているのがはっきり分かる。その鼻の頭が見えた。鼻があそこにあるとすると、沢村の顔は右目のあたりからばっさりと両断されていなければおかしい。そうでなければ、あの隙間に収まるはずがない。

「私の行為をムダにする気？　私、颯太が好きなんだよ？　颯太と一緒に生きていたいんだよ？　もう何もしないで。危険だから。あいつらに殺される。あいつに殺される。殺されたら、許さないよ？　私絶対に許さないから」

何人もの沢村が、どっと笑った。瞬間、その声はかき消える。

「しかし、智樹たちを助けないと」

颯太がブクブクと弾ける黒い泡を、口元につけながら言った。

「分かるよ。智樹君たちも、できれば助けたいよね。でもね、私は颯太が大事なの。優先度は、颯太が一番なの。私以上に、颯太が大事なの。だから智樹君たちのために、颯太が死ぬなんて、私は認めない」

目の前の颯太が、すっかり黒い液体で包まれた。炭酸のように泡立つ、その液体が沢村の形になり、こちらを見て笑う。奈々枝がきっと睨むと、液体が飛び散り、颯太の姿がまた現れた。そんな小細工に引っかかるものか。

「颯太、分かった。分かったの？　分かったなら、返事して」

「分かったた。分かったよ。絶対にばれないように気を付けるから」

「気を付けるじゃダメ。やらないで」

「それは……」

「やらないで」

液体と化した沢村が、奈々枝の足を伝って登ってくる。液体の中には眼球や、耳や、鼻や、内臓や、それからじゃがいもや人参や玉ねぎが、イカの足やエビの殻やカブトムシの幼虫が、刻まれて浮かんでいる。その冷たく不快な感触に、奈々枝の手足は震える。

「……」

颯太は黙り込んでしまった。

「やらないで」

奈々枝はきっぱりと、言う。

沢村のクスクス笑う声が、そこら中から聞こえた。ボコボコと何かが膨れる音と、キイキイと何かがこすれる音もした。


智樹は自分の心臓がドキドキと鳴るのを感じた。

いい意味ではない。智樹は恐れている。

昨日ケンジが予想したとおり、今日の「おしごと」は死体処理だということだった。いつものように、智樹たち三人がそれに割り当てられる。子供たちが呼びにくるまで、三人は檻の中で待機していた。

「今日のは新鮮だよ、きっと。昨日殺されたばかりだもん。フレッシュ、フレッシュ」

ケンジがニヤニヤしている。智樹の前で平静を装いたいのだろうが、顔は青く、足が震えている。マサオは落ち着いて見えたが、表情は暗い。

「トモチー怖がってる？　ま、大丈夫だよ。慣れる慣れる。最初は手足を切断するんだ、それから大きな肉の部分を取る。それらは動物とか、虫に食わせて……」

話を聞くだけでもゾッとする。智樹は乾いた舌を唾液で湿らせてから、ケンジに聞いた。

「どうして死体を解体しなければならないんですか」

ケンジが首を傾げる。

「どうしてって？　決まってるじゃん。そのまま捨てられないからだよ。死体が見つかったら、逮捕されちゃうだろ」

「でも、この村は全部、子供が支配してるんですよね。村ぐるみで隠蔽すれば、警察だって気づきませんよ。それこそ、村の住人の所有する山にでも埋めてしまえば……」

「んー、まあね。でも、念には念を入れてってことじゃないかなあ」

「念には念を入れる？」

「偶然、迷い込んできた人が死体を見つけるかもしれないし……」

「はあ」

「裏切り者が出て、通報するかもしれないじゃん？」

「それは、まあ」

「だからこうやって、全員が共犯者になるようにしつつ、証拠も残さないようにしてるんだろうよ。慎重なんだ、ほんとにさ。よくできてるよ、ここのシステム」

　ケンジはまるで自分の村を誇るように歯を見せて笑った。

「……ケンジさんは、ここから逃げたいとは思わないんですか」

「お前、ちょっと！……聞かれたらどうすんだっつーの。やべえぞ？　殺されるぞ？」

「何でそんなに素直に、ここのルールに従うんですか？　おかしいじゃないですか」

　智樹は食い下がる。ケンジは口をへの字にしてむむとうなると、小さな声で言った。

「……俺だって、子供が可愛いんだよ」

「子供？」

「愛してんだ。ケンスケをよ」

ケンスケ。どこかで聞いた名前だった。最初に檻に連れ込まれる時、智樹たちを先導した子かもしれない。背の低い丸刈りの男の子。

「俺さあ、嫁はもう死んじまって、ケンスケを守れるのは俺だけだ。ケンスケはよ、この村で元気でやってんだ。その幸せを、俺が奪うなんてさ、おかしいじゃん？　それに俺、今の暮らし、そんなに嫌いじゃないしよ。満足してんだよ、これでもよ。ケンスケが元気だってだけで、俺も幸せになれるじゃん？」

ケンジの子供は、村の組織に加わってケンジを弾圧している。それでもなお、子供が可愛いから受け入れるというのか。

理解できなかった。

智樹はまだ、子供を持ったことはない。親になれば、そういう感覚になるのだろうか。

「マサオさんも、そうなんですか？」

黙って話を聞いていたマサオに水を向けてみる。マサオは智樹を見つめながら、小さく頷いた。その横顔は、何かを悔いているようでもあった。

違う。

智樹は直感する。それだけであるはずがない。

思い切って聞いてみた。

「……過去に、何があったんですか」

ケンジもマサオも黙り込んだ。

沈黙は数十秒も続いただろうか。智樹は別の質問をしてみる。

「自分が『腐り鬼』になるのが怖いんですか？」

「……『腐り鬼』？」

二人は首を傾げた。

「え？　知らないんですか」

「……何？　それ」

ケンジが呆けた顔をする。

嘘をついているわけではなさそうだ。本当に、知らない。

子供たちの信じている「腐り鬼」を、大人たちは知らない……？

「おーい。『おしごと』始めるよお」

ヨウが三人を迎えにやってきた。

マイの部屋を出てから、颯太は考えていた。

沢村を殺害したことで、奈々枝と颯太はずいぶんと信頼を獲得したようだ。呼び出され、本格的に仕事を命じられたのだ。

「あなたたちのような、年齢の高い仲間は貴重なの。複雑な仕事を任せられるから」

マイはそう言っていた。

颯太に命じられたのは、「おべんきょう」。村の子供たちは学校に行っていないらしい。そのため読み書きや計算などは、年齢が上の子供が下の子供に教えるという形を取っていた。颯太は「けいさん」を教える教師になるのだと言う。現在教師をしている子供と一緒に何回か授業を行い、様子を見てから専任にするそうだ。

奈々枝が何を命じられるのかは、知らない。颯太とマイの話が終わった後、入れ違いに奈々枝はマイの部屋に入っていった。とにかく、マイに信頼されているのはありがたい。

しかし、妙だな。颯太は思う。

学校に行っていない？　なぜ？　高校大学はともかく、義務教育まで受けていないというのは、どういうことなのか。戸籍がないのだろうか。村ぐるみで犯罪を行っている現在、制度を維持するために外部との接触を断つ必要がある、それは分かる。しかしマイの話を聞くかぎり、それだけではない。

颯太は自室に戻り、机に向かう。

現在使っている計算のテキストだという、冊子を開く。授業の前に全て目を通しておくようにと言われている。

テキストは手書きの文章をコピーしたものだ。いかにも手作り。内容は簡単な掛け算と割り算である。颯太はテキストの余白に、これまでにマイから得た情報をメモし、頭の中を整理していく。

ここはもともと、普通の村だった。しかし古来から「腐り鬼」という怪奇現象に悩まされていたという。「腐り鬼」は十八歳以上の大人から生まれる。ずっと子供たちはその被害を受け続けていた。大人は「腐り鬼」に有効な対処ができず、事実上野放しであった。そしてある時、ついに子供たちがクーデターを起こす。十八歳以上の大人を地下に押し込み、子供たちによる支配体制ができ上がった。

「……それが、三年ほど前だと言っていた」

独り言。

「やっぱり、おかしいぞ」

子供たちは三年以上前、つまりクーデター以前から学校に行っていない。つまり、石尾村は昔から、〝普通の村〟などではなかったのだ。

この地は、何かが変だ。

それが「腐り鬼」という怪奇現象に由来するものなのか、それとも別の何かに起因するのか、それは分からない。

「とにかく、早く逃げ出したほうがいいな……」

颯太はメモを消しゴムで消すと、今度は机の上に空き缶を出した。子供たちの命令に従うふりをしながら懸命に探し、見つけたスチール缶である。村には自動販売機がないらしく、手に入れるのに苦労した。探し回り、廃屋からようやく一つだけ見つけたのだ。

颯太は缶の腹にハサミを入れ、四角形の断片を切り取る。

これは、檻の鍵の代わりに使う。

檻の鍵は、やはりマイの部屋にあった。颯太はその位置を今日、しっかりと確認してきたのだ。マイの机の上——現在の収入や食料の備蓄量などが子供の字で記載された、たくさんの紙の横に——キーケースがあった。そこには一番檻、二番檻などと文字が書かれていた。

颯太の作戦は、鍵をコピーすることだった。

スチール缶や、丈夫な厚紙のような素材があれば、簡単にコピーできることを颯太は知っている。何も合鍵ほどの耐久性、信頼性がなくてもいいのだ。たった一回だけ、鍵を開けることができれば。

颯太はいくつか鉄の断片を切り取る。缶特有の丸みを帯びたそれを並べ、上に手近な本を積み重ねる。放っておけば、板状になるだろう。材料の準備はこれでよし。後は鍵形だ。ほんの数十秒でいい。誰にも見られず、鍵の形を描き写せる時間さえあればいい。颯太は小さく切り取った紙と、ちびた鉛筆をポケットにしまった。機会があれば、これで写し取るのだ。

そのうちチャンスは来るだろう。それを逃さないようにしなくては。

颯太は自分に言い聞かせると、洗面所で顔を洗った。それから子供たちの授業に出席するため、部屋を出た。


「これの『おそうじ』ね。三人は今週いっぱいは『おそうじ』して、だってさあ」

ゴロンと転がされた死体を前に、ヨウは智樹たちに言った。

智樹は思わず唾を飲む。

スーツを着たＯＬ風の死体は、見るも無残な有様だった。顔面と腹が大きく損傷し、中身が外に溢れ出ている。この部屋で殺され、そのままにされているのだろう。床にも血が飛び散っていた。気が遠くなりそうだ。

「今日は俺が見張りだから。じゃ、頑張ってねえ」

そう言うとヨウは背を向け、部屋を出て行こうとした。

これから作業をしなくてはならないのか。この死体を解体し、肉を削ぎ、骨を砕いてゴミ袋に入れる？　冗談じゃない……。

智樹がそう思っていた時、ケンジが思わぬ行動に出た。

「そうだヨっちゃん、こいつ知ってる？」

そう言って智樹を指し示す。何を言いだすのか。

「え？」

「こいつトモチーって言ってさ、東京から来たらしいよ。な、そうだろ？」

ケンジはヘラヘラと続ける。

「ケンジ兄ちゃん、それ本当？」

ヨウの目が輝いた。

「はい。生まれも育ちも東京です」

智樹が言うと、ヨウが駆け寄ってくる。

「へー！」

智樹はシンの言葉を思い出した。ケンジとヨウと三人で話す機会を作れと言われていた。これはチャンスかもしれない。

「よかったら、都会の話しましょうか？　今どんなものが流行っているかとか……」

「ほんとお？　あ、いや、でもなあ……」

ヨウは死体を見る。あの解体作業を監督するのが彼の仕事なのだ。智樹は畳み掛ける。

「処理は今週中にやればいいんですよね？　でも、急げばそんなにかからないと思いますよ。今日くらい、おしゃべりに時間使っても大丈夫ですよ」

「ん……まあそうかもなあ」

横にいるケンジも、智樹の企みに気がついたらしく乗ってくる。

「そうだそうだ！　一日くらい大丈夫じゃね、ヨっちゃん？　そういや最近ヨっちゃんの好きな話全然してなかったしな、今日いっぱいしゃべろっか？　俺まだまだネタあるよ？」

「ううーん」

ヨウの顔が歪む。中身はまだまだ子供だ。菓子を見せられた幼児のように、葛藤している。

「でも、シン兄ちゃんに知られたら……」

「大丈夫だって。俺ら、誰にも言わねって。それにシン兄ちゃんはもう檻ン中だろ、今のボスはマイ姉ちゃんだろよ」

「あ、そっかあ」

何だって？

智樹の頭の中で何かが引っかかる。シン兄ちゃん？

「まあ、なら……大丈夫かなあ」

「だろ。今日はトモチーの話でも聞いて、盛り上がろうぜ」

「そうしようかなあ」

説得され、笑顔を見せ始めたヨウ。こちらを見てブイサインを出すケンジに、智樹は小声で聞いてみた。

「……シンって、何者なんですか？」

「あれ、お前知らないのか」

「聞いたことはありますけど……」

智樹はぼかして答える。ケンジはなんだ、と鼻を鳴らしてから言った。

「昔、そいつが子供たちのリーダーだったんだよ。この村の仕組みを、作り上げた男だ。もっとも、ちょっと前に十八歳になって自分も檻に入ったけどな」

さ、おしゃべりおしゃべり。そんな感じでケンジは智樹とヨウの肩をぽんと叩き、部屋の隅のほうへ促した。


子どもたちとの授業に出てみて、颯太は少し驚いた。

みな、とてもまじめで、一所懸命に勉強するのだ。ふざける子や、居眠りをする子はいない。その目には真剣さが満ちている。この村には大人がいない。大人に頼れない。

その現実が、子供たちにこんな目をさせるのだろうか。

アパートの一番広い一室、ホワイトボードが一つあるだけで机も椅子もない部屋……そこで行われる授業は、「けいさん」と「こくご」、そして「どうとく」の三つだった。一日に、それぞれ一時間ずつ行われる。颯太は「こくご」と「どうとく」も見学させてもらった。

「こくご」は完全に読み書きだけに特化していた。古典の名作を読んだりなどは一切ない。日常生活で必要な文章、それを書き、読むためだけの授業である。

どうやらここでは、簡単な行政制度のようなものが敷かれているらしい。「ごはん」担当、「パトロール」担当というように仕事が細分化され、子供たちにそれが割り振られる。年長の子供が上司となり、その他の子供はその部下として仕事を行う。部下は仕事の内容を「れんらくちょう」に書いて提出し、さらに上司がそれを取りまとめ、最終的にはマイの元に届けられる。マイはそれを確認して、全体の方針を決めるのだ。

国語の時間に、子供たちは「れんらくちょう」の書き方を、「おてほん」を見ながら練習する。

子供らしい、大きくて形も歪な平仮名だらけ。時には絵なども混ざっている報告書。夏休みの絵日記を思わせる。しかしそれでも、この小さな国が維持される程度にはきちんとできている。

子供たちが真面目くさって仕事をする。まるで幼稚園のごっこ遊びだ。しかし、それによって大人たちは管理されている。颯太はそこに、何か不気味な気持ち悪さを感じた。

そして驚いたのは、「どうとく」の授業だった。

それはほとんど洗脳教育だった。

「腐り鬼」という現象がある。十八歳以上は「腐り鬼」になる可能性がある。「腐り鬼」になった大人は人間ではない。ただの鬼である。だから殺さなくてはならない。殺していい。迷うことなく殺せ。そうしなければこちらが殺される。まだ「腐り鬼」になっていない大人も、いつそうなるか分からない。だから管理しなくてはならない。大人たちも、それを望んでいるのだ。管理を望まない大人は、すでに「腐り鬼」になりかけている。だから殺せ……。

そんな内容がひたすら繰り返される。

子供たちはそれを復唱し、暗記し、「れんしゅう」と称して人形に刃物を向けたり、刺したりする。

まるで兵士を養成しているようだ。

敵は悪、だから迷わずに殺せ。それと何も変わらない。

いや、兵士のほうがはるかにまともかもしれない。彼らは仕事として、武器を手に戦うのだ。そこには色々な葛藤があるだろう。割り切っている部分もあるかもしれない。

だけどここの子供たちは違う。彼らは子供特有の純粋さで、与えられるものを素直に吸収する。

風邪になったら温かくして寝ろ、喉が渇いたら水を飲め、それらと同じような感覚で、常識として叩き込まれるのだ。大人がいたら捕まえるか殺せ、という常識を。

颯太はゾッとした。

幼い頃から戦場で生きる少年兵に、平和という概念は存在しない。それを知らないから。彼らは平和を求めて戦争をしていないのだ。ただ、敵を殺すのが日常。殺されるまで戦い、殺し続ける。殺されなければ、また一日生き延びたと満足して眠る。それが常識。それ以上を求められない、求めることができない。

ここの子供たちも、少年兵に似ている。

それにしても、徹底している。思ったよりもずっと、村の仕組みはよく考えられている。最初にこの仕組みを作った人物の、狂気じみた信念が伝わってくるようだ。そこからは、大人への憎しみが感じられた。

……歪んでいる。颯太は思った。

そして、知れば知るほど、疑問に思うことがあった。

子供はいつかは大人になるのだ。数年もたてば、自分も檻に入り支配される側に堕ちる。そんな、自分を縛るようなシステムを、どうしてこうも強固に作り上げたのか。

檻に入るのを嫌がる子供だって出てくるだろう。そんな子たちが団結して反逆したら、体制が崩壊したっておかしくない。

……いや、実際にみんな嫌なのだ。

あの不潔な地下に入るなんて、嫌に決まっている。しかしそれを口に出せば、我も我もと同調する子が現れ、大混乱になるかもしれない。そうなったらおしまいだ。その隙をついて大人たちは反抗するだろうし、村を裏切って逃げ出す子供が出るかもしれない。そうなれば、外部から警察がやってくる。今の平穏は失われてしまう。

子供たちは不安を抱えている。しかし、それを表に出すことにもまた、恐怖を感じている。そんなジレンマの中、この村はギリギリの膠着状態を維持しているのではないか。

糸一本の緊張で、莫大な矛盾と恐怖を吊り下げた村。

なんて場所なんだ。颯太はため息をつく。

いつか来る十八歳の誕生日、その破滅の日に向かって一歩一歩進みながらも、その道以外を歩くこともままならない。絶望の村だ。

子供も、大人も、みな絶望の世界だ。

「いやあ、今日は楽だったなあ」

ケンジが上機嫌で言う。

「結局、おしゃべりしただけで終わりましたね」

智樹は頬をかいた。ヨウが都会の話を好むとは聞いていた。しかし、これほどとは思っていなかった。ヨウは実に好奇心旺盛で、ケンジや智樹の話を目を輝かせて聞くだけでなく、積極的に質問をした。外の話は相当面白いらしく、話題は次から次へと変わり、きりがなかった。

「ここにはテレビも、ラジオもない。昔はあったんだけどな、シンが処分したらしい。俺らの話が、ヨっちゃんには数少ない娯楽なのさ。ま、都会出身でよかったよな。話のネタが尽きない限りは俺ら、ヨっちゃんに殺されることはないぜ」

ケンジは能天気に笑う。

「完全に外界と切り離されているんですね」

「そういうこと」

「シンっていう人は、ずいぶん知恵が回るんですね。そこまで徹底するなんて」

智樹は探りを入れてみる。ケンジはのんびりと答えた。

「あんまりそんなふうに見えない奴だったけどなあ。でも、目つきが悪かったよ。俺のことといっつも睨みつけてさ、ちょっと印象悪かったなあ」

「シンは……今は、檻に入っているんですよね？」

「ん、そうだよ。もっとも、俺たちとは別の檻だけどな。特別待遇ってやつだよ」

「特別待遇?」

「でっかい部屋に、一人だけで収容されてんのさ。服や食料も俺たちよりずっとたくさん支給されてる。贅沢なもんだよ。さすが、元リーダーは大人になっても違うな」

「元リーダー……」

智樹は考え込む。シン。色々なものが、頭の中で繋がった気がした。

シンは、子供たちの内情について詳しすぎた。子供たちから、どこか特別視されているところがあった。

なんなんだ、あいつ。

檻に戻りながら、智樹は拳を握りしめた。


「……よう、起きてるか」

夕食後、シンから通気口越しに連絡が来た。

「起きてる」

智樹は答える。

「そいつはいい」

「なあ、聞いていいか」

「何だ？」

「シンは、子供たちの中で、どんな地位にいたんだ？」

探りを入れたつもりだった。どこまで正直に答えてくるか。それも含めて、シンを量ろうとしていた。

「へえ。その様子だと、誰かに聞いたみたいだな」

しかしシンはすぐに、智樹の企みを看破した。

「ご存知のとおり、俺は子供たちのリーダーさ」

「……元、だろ」

「ああ。『腐り鬼』どもに対抗するため、俺がクーデターを起こしたんだ。どうしようもない大人たちを地下にぶちこみ、黙って抵抗もせずにいた子供たちを鍛え上げ、今の体制を作り上げたのさ。尊敬したか？」

どこか冗談半分に、シンは言う。

「……なんで最初から言わなかったんだ、それを」

「別に言う必要がないと思っただけさ」

「明らかに誤解させようとしていなかったか。僕はてっきり、子供たちの支配体制はもっとずっと昔から行われていたのかと思ったよ。それこそ、何百年も前から」

「ああ、勘違いさせたならすまなかったな」

シンは悪びれない。

「……子供たちにとっては、シンはヒーローというわけだね」

「そうさ。だからこうして十八歳になった今も、俺は特別待遇されている。それだけじゃないぜ。俺を檻から出そうと、動いてくれる子供だっているんだ。コモミ、分かるか？」

「撃ち殺された子か」

「ああ。あいつは俺を逃がそうと、マイに黙って檻を開けようとしたんだ。それがばれて、殺された」

「そうだったのか」

智樹の脳裏に、コモミの顔が浮かんだ。

「……どうしてそのヒーローが、子供たちを置いて脱出しようとする？」

シンは笑った。

「俺は出たい。外に出て、自由になりたいのさ」

「シンが作った制度なんだろ。十八歳以上の人間は檻に入れるって。自業自得じゃないか」

智樹がそう言うと、シンは少し黙った。

「……まあな」

「シンを助けようとした子が死んだんだろ？　なのに、なぜ笑っていられる？　全部、お前のせいじゃないか。自分で制度を作ってみんなに従わせておきながら、自分だけ逃げたいだなんて、勝手すぎるだろ」

「お前に何が分かるんだよ」

低い声で、シンが言う。

「何って……」

「いいか。俺には俺の都合があるんだ。お前が俺を嫌おうと、批判しようと、どうだっていい。関係ない。お前が決めていいのは、俺と一緒に脱出するか、否かだけだ」

「……」

シンが信頼しきれないから聞いているのだが。彼には不審な点がありすぎる。子供たちのリーダーであったこと。大人たちの知らない「腐り鬼」を、さも村全体の共通認識のように語っていること……。

「明日。脱出する」

そこで、シンは唐突に告げた。

「何？」

「だから明日だ。明日、俺を助けようとする子供の一人が、鍵を開けてくれる手はずになっている」

突然のことに、智樹は混乱する。明日だって？　ずいぶん急じゃないか。どうしたらいい？　まずは日名子に伝えて、一緒に逃げる準備をしなくては。奈々枝と颯太にはどうやって伝える？　うまく連携を取れるだろうか？

智樹の困惑を察したのか、シンが続ける。

「安心しろ。決行は明日の夜だ。夕食を届けに、ある子供がやってくる。俺の協力者なんだ。そいつは夕食後に、俺の部屋とお前の檻、そして出口の鍵を、かけ忘れて去っていく。深夜みなが寝静まったら……」

「そこで脱出するわけか」

「ああ。だがタイミングが重要だ。夜の檻は、ヨウが定期的に見回りしている。もちろん、散弾銃も装備してだ。厄介なことに、逃げ出そうとする奴がいたら問答無用で撃っていい、というルールになっている」

「定期的にということは、見回りに来る時間は分かっているのか？」

「ああ。スケジュールを立てたのは俺だからな。いいか、俺が見回りの隙間となる時間に檻から出て合図をする。そうしたらお前は、ケンジを連れて外に出ろ」

「ケンジを連れて……？」

「ヨウと、ケンジと、三人で話はしたんだよな？」

「うん」

「ならオーケー。三人で話すという行為に、違和感がなくなる。いいか、ケンジは保険だ。警備の穴を突くつもりだが、万が一……何かの原因で、ヨウと出くわした場合……ケンジとお前で、何とかするんだ」

「何とかするって」

「ヨウは、ケンジを撃てない。お前に対しても撃たないだろうが……ケンジならより確実だ。あいつは都会の話をしてくれる人間を、撃てないんだ。恩義を感じるらしい。根は純粋な奴だからな。ケンジと一緒に、ヨウに話しかけるんだ。ヨウはきっと気を抜く。時間稼ぎになる。もっと言えば、その隙に散弾銃を奪ってしまってもいい。そうすればより盤石《ばんじゃく》だ」

　確かにケンジも、「ヨっちゃんに殺されることはない」などと言っていた。

「……なるほど」

「ケンジを連れだす理由は何だっていい。ただ、一緒に逃げようなどと言ってもあいつは首を縦にふらないだろうな。子供たちに用事があるから来いと言われた、くらいのことを伝えておけばいいだろう。あいつはバカだから、たぶん信じる」

「実際に、うまく逃げ出せたあとは？」

「駅に向かう。そして、線路を伝って隣町まで逃げるんだ。村さえ離れてしまえば、その先に警備の網はない。ケンジはその辺に置いて行っていいから、ひたすら逃げる」

「颯太たちはどうするんだよ」

「お前らが逃げ出したと知ったら、やつらはやつらで逃げ出すだろう」

「そんな、曖昧な」

「なら、逃げる時に大声で叫べばいい。逃げ出したということを、伝えられるような内容をな」

智樹は頷く。それなら何とかなるかもしれない。「颯太、奈々枝！　智樹と日名子は逃げたぞ、お前たちも逃げろ」……そんなふうに叫べば、颯太は察してくれるだろう。同じアパートの中だ。声はきっと届く。もちろん子供たちも気づくだろうが……いったん逃げ出してしまえば、こっちのものだ。

ほとんどの子供に比べれば、足はこちらのほうが速い。単純な案ではあるが、意外とうまくいくのではないか。

「だいたい分かったか？」

シンが確認する。

「……ああ」

「質問は？」

「とりあえず、ない」

「よし。じゃあ成功を祈ろう。今日はよく寝ておけよ。明日は全力疾走することになるだろうからな」

その言葉を最後に、通気口からは何も聞こえなくなった。

智樹は一つ深呼吸をし、それから檻の中を見回した。みんな眠り込んでいる。日名子も、ケンジも、静かに寝息を立てていた。

心臓が高鳴るのが感じられた。緊張している。同時に、神経が研ぎ澄まされていく。

明日。

うまくいきますように。

智樹はつぶやくように口にして、目を閉じた。


奈々枝が部屋に帰ってきた時、颯太は机でコピー鍵用の素材を作っていた。

扉の音がしたので颯太は顔を上げる。そして立ち上がって言った。

「おかえり、奈々枝」

スチール缶の破片の上に紙を載せ、隠す。これは見られないほうがいい。

奈々枝はこちらをチラリと見る。表情は凍りついているかのようだ。前は颯太を見るとにっこりと笑ってくれる子だったのだが。

「ずいぶん遅かったね。奈々枝は何の仕事を命じられたの」

颯太は言葉を繋ぐ。奈々枝は返事をしない。

その代わりに、颯太にツカツカと近づいた。

「奈々枝？」

そして机の上の紙を取った。その下には、スチール缶を切って作った、薄い鉄板が並んでいる。

「何をするつもりなの、これで」

冷たい声で奈々枝が言う。

「……奈々枝」

「何をするつもりなの」

下手に隠すのは逆効果だろう。颯太は正直に説明することにした。

「コピー鍵を作ろうと思うんだ」

「コピー鍵？」

「ピンタンブラー錠の鍵、分かる？　でこぼこがたくさんあるだろ。あのでこぼこと同じ形の鉄板を作るんだ。それで、鍵が開けられるんだよ」

奈々枝が眉をひそめる。

「でこぼこが、鍵のピンに対応するんだ。鉄板を挿入すればピンの高さが揃って、開けられる状態になる。鉄板は薄くて強度が足りないけれど、マイナスドライバーなんかを一緒に突っ込んで、回転させれば大丈夫。この方法で檻の鍵を開ければ、智樹たちを助け出せる」

颯太は、できるだけ奈々枝に心配をかけないように説明したつもりだった。この方法ならそう難しくない。危険は最小限だ。だから、大丈夫……。

しかし説明すればするほど、奈々枝の瞳は黒く澱んでいく。一切の光の反射がなくなり、まるでそこに深い穴でも空いているようだ。

「奈々枝……」

「颯太君」

奈々枝がほとんど口を動かさずに言う。

「颯太君。私がマイから命令された仕事は、パトロール。……もっとはっきり言うとね、颯太君の監視」

「えっ……」

「マイはね……颯太君を、信用していないよ」

奈々枝の凍りつくようなまなざし。颯太は動けない。

「こないだ、颯太君、檻に行ったでしょ。ピッキングを使って」

「……」

「あれ、ばれてるよ」

「……」

颯太の額から冷や汗が吹き出し、流れていく。

「目撃されてたんだって。マイはもう知ってる。それに、私もマイに報告したから。颯太君があの日、外に出ていたってことを」

「そんな！……どうして？　奈々枝」

「だってそうでしょ。もうばれてるのに、嘘をついて隠し続けてても、意味ないよ」

奈々枝は両手を前に出し、開いて見せる。白く、綺麗な指だ。しかし爪の間に、赤黒い破片が見える。

「私、今日、もう一人殺したの」

颯太は息を呑む。

「『おしごと』をサボった、おばさん。ずっと前から反抗し続けてたから、マイが殺せって。私、慣れてきたの。もう楽に殺せるし、上手にできるんだ」

奈々枝は腕を伸ばし、手のひらをそっと颯太の首に這わせる。

「私ね、信頼されてるの。颯太君よりもずっと、マイに信頼されてるの。マイはね、言ったよ。颯太君が子供たち側につく気がどうしてもないなら、殺せって。私はね、颯太君を監視して、そして殺してもいいの」

奈々枝の冷たい指が、颯太の柔らかい首筋をさする。頸動脈。気管。食道。人体の重要箇所が、奈々枝の爪先からほんの数センチのところで脈打っている。

「私ね、颯太君を殺したくない。分かる？　颯太君を殺したくないよ。颯太君、好きだもん。私、颯太君のことが大好きだもん……だからね、智樹君たちのことはもう諦めて、子供たちの仲間になってほしいの。それが唯一の、生き延びる道なんだよ」

うつむいて、愛おしそうに、奈々枝は続ける。

「智樹君たちは本当に残念だよ。大切な友達だった。だけどもう仕方ないんだ。切り替えようよ。ねえ、考えてみて。私たち二人だけが十七歳で、檻に入れられずにすんだんだよ。これって、何か運命的なものを感じない？　私たちだけは、生きるように、そう神様に命じられたように、思わない？」

「だけど……」

「颯太君、分かって。私の言っていることが正しいんだよ。ね、颯太君はこのままだと、マイに殺されちゃうよ。マイに殺されるくらいなら……」

そこで奈々枝は顔を上げた。

「私、颯太君、殺すよ」

颯太は何も言えなかった。

何か言おうとはしたが、口の中が渇いて、舌が動かなかった。

4

今日が、脱出作戦決行の日だ。

智樹は朝から落ち着かなかった。

「智樹」

朝食のパンの耳を持ち、日名子が話しかけてくる。

「何か食べといたほうがいいよ」

にっこりと笑いながら、半分を智樹に差し出した。

「ありがとう」

智樹は受け取り、それを無理やりに口に突っ込む。唾があまり出ない。作戦は、日名子には昨日のうちに説明してある。

「大丈夫、うまくいくよ」

何の根拠もないはずだが、日名子はそう言って笑った。元気づけてくれているのだろう。そういう子なのだ。誰かが落ち込んでいる時ほど、日名子は強い。

「日名子。逃げ出す時は僕が先頭だ。そして何か異常を感じたら、すぐに引き返すんだ」

智樹は昨日から、そればかり繰り返している。

「分かってる。でも、智樹もムリしちゃダメだよ」

「うん」

膝が震える。心臓がバクバクと音を立てている。床を見つめながら、智樹は落ち着け、落ち着けと心の中で繰り返す。

ひどく嫌な予感がするのだった。動物的な本能なのだろうか。理屈で説明のつかない、体の芯から恐怖がにじみ出てくるような感覚。

準備はできている。この地下の構造はすっかり理解した。脱出の最短ルートも、何度もイメージした。体調は悪くない。それでも動悸が治まらない。

きっと緊張しているのだ。それだけのはずだ。智樹は心の中で復唱する。

「『おしごと』始まるよ」

日名子に言われて、智樹は立ち上がる。足はまだ震えていた。


智樹たちの今日の「おしごと」監督もまた、ヨウだった。

「へー！　東京では、そんなにたくさん電車来るんだあ！」

ヨウは無邪気な声ではしゃぐ。

「そうだぜヨっちゃん。それだけじゃないぞ。新宿駅なんて、ホームが四十くらいあるんだから」

「四十？　そんなにあって、どうするのお？」

「それぞれ別んとこ行くんだよ」

「別？」

「つまりだ、路線が違うんだよ。ほらトモチー、どんな路線があったっけ？　ちょっと言ってみろよ」

「えーと山手線、埼京線、中央線、総武線、京浜東北線、東海道線……」

「すげえ！　意味分かんない。よく覚えてられるねえ、それ」

ヨウは大声を出して笑う。今日もほとんど雑談だけで終わりそうだ。ケンジがうまくノセているのもあるが、ヨウは本当に話好きだ。ヨウはケンジと智樹にかわるがわる話を聞き、マサオは少し離れたところで大人しく座っている。

「すっげえぞー、ヨっちゃんも行ってみたいか？」

「行ってみたいよおー！　いいなあ、ケンジ兄ちゃんは東京行けて」

「ハハハ、ヨっちゃんもそのうち行けるさ」

ヨウは悲しそうな顔をする。

「いや、ムリじゃん。行けないよお。だって外との交流禁止だもん」

「そうか、そうだったな」

「ケンジ兄ちゃんって、いつ東京行ってたんだっけ？」

「そりゃお前、嫁さんと出会う前よ。俺、工場で働いてたんだ。そんで結婚してから、こっち来たわけ」

「東京に行ったのは何歳くらいの時？」

「十六だったかな？　中学出てすぐ、家出たからよ」

「へー、俺と同じ年かあ。いいなあ。俺もそろそろここから出たいんだ。だってここ、子供ばっかりでつまんないもん」

ヨウとケンジは、本当に仲がいい。

愚痴を言うあたり、ヨウは心を許しているようだった。ケンジは適当な男だが、それが逆に壁を感じさせないのかもしれない。

これなら大丈夫だろう。智樹は思う。ケンジは十分、ヨウに対する時間稼ぎになる。それどころかヨウは今の環境に満足していない。ここから逃げ出すと知れば一緒に脱走してくれそうな勢いだ。

「ほんじゃヨっちゃん、次に俺らが東京行く時に一緒に来るか？」

「そんな機会ないでしょぉ」

「もしあったらだよ」

「ハハハ。まあ、あったら一緒に行くよお！」

笑いあう。智樹も合わせて笑う。

ヨウの肌はツヤツヤしていて、目は輝いていた。ごくごく普通の少年であった。


颯太は悩んでいた。

今日は「けいさん」の授業で使うテストを作れと命じられている。しかしまったく集中できない。頭の中では、奈々枝の言葉がリフレインする。

奈々枝は智樹たちを見捨てろと言っていた。奈々枝の理屈は分かる。確かに智樹たちを助けるのはリスクの高い行動だ。四人全員が殺されて終わるかもしれない。マイが颯太に疑いを抱いている以上、その可能性は高い。

しかしそれでも……二人を見捨てて、自分たちだけが生き延びるなんて。

「俺には、できない……」

ボソリと口にする。

汗がダラリと流れ、机の上に落ちる。

できない。できるわけがない。そりゃ俺だって生きたいさ。危険を冒したくなんていさ。心の中で繰り返す。だけど。

仮に閉じ込められたのが颯太たちだったとしよう。それでも、智樹と日名子は決して颯太たちを見捨てないはずだ。だって、友達なんだから。危機には一緒に相対して、乗り越えるんだ。

颯太からすれば、奈々枝が簡単に二人を切り捨ててしまったことが意外だった。そんな割り切りができるようなタイプだとは思っていなかった。

「沢村を殺した時からだ……」

あの時から、奈々枝は変わってしまった。

沢村を撃ち殺す時、奈々枝は確かに死の淵にいた。殺されたのは沢村だが、奈々枝も沢村と同じくらい〝死んだ〟ような気がした。颯太も奈々枝も、蟻の痛みを感じられる人間だ。沢村に与えた苦痛を、奈々枝は自らにも取り込んだに違いない。それは奈々枝の中で膨らみ、増殖し、征服した。

今、奈々枝は裏側にいるのだ。生が表なら、ひっくり返した反対側に。奈々枝の精神は、そこで生きている。

奈々枝は、颯太に死んでほしくないと思っている。それは間違いないはずだ。その思いが強すぎて、逆に今、颯太の脅威となっている。

どうすればいいのだろう。

智樹と日名子を見捨てるべきなのか。彼らを見捨てて、死んだとみなして、沢村を殺した奈々枝のようになればいいのだろうか。颯太は頭をかきむしる。できるわけがない。奈々枝は間違っている。

しかし奈々枝だって、沢村を殺すことなどできるわけがなかった。それでも引き金を引いたのだ。それは他ならぬ、颯太のためだった。そんなにも颯太を愛してくれる、優しい女の子を……否定していいのだろうか。

奈々枝は本気だった。

颯太が意地でも智樹たちを助けようとするならば、敵に回るだろう。

選ばなくてはならない。

すなわち、奈々枝か、智樹たちかを。

颯太は手のひらで顔を覆った。視界が歪むような気がした。

夕食が終わった。

智樹と日名子は、いつもどおり残飯を食べ終え、静かに体を横たえていた。

夕食を運んできたのは、男の子だった。暗くて顔はよく見えなかったが、シンの情報が確かなら彼が内通者である。彼は鍵をかけ忘れていくことになっている。

「……日名子」

「うん」

智樹に向かって日名子が頷く。残飯を取りに行く時に、日名子は扉を確認したのだ。

「留め金がね、ずれてる。鍵はかかってるんだけど、留め金を外したまま南京錠をかけてるから、扉は開く。うまいやり方だね」

「よし」

とりあえず、檻を出られることは確定した。後はシンの合図を待つだけだ。

「日名子、靴ひもは大丈夫？」

「うん……それくらい、自分でチェックできるよ」

日名子が笑った。

「そう……だよね」

神経質になりすぎかもしれない。智樹は深呼吸をする。

檻の中はすっかり静かになっている。寝息もあちこちから聞こえてくる。智樹と日名子は楽な体勢のまま、機を待つ。

「おい」

通気口から声がした。いよいよか。智樹は気を引き締めながら、応答する。

「シン」

「準備できてるか」

「うん」

「よし。ケンジを起こせ。適当に言いくるめて、奴を先頭にして檻を出ろ。いったん廊下で待て。俺と合流してから行くぞ。他の奴らを起こさないように、気をつけろよ」

「分かった」

智樹は日名子に目で合図を送る。お互いに頷きあい、立ち上がった。


「え？　ヨっちゃんが俺に会いたいって？」

ケンジは素っ頓狂な声を上げる。静かに、と智樹は指で示しながら言った。

「はい。鍵は開けてあるから、来てくれって言ってました」

「ハハハ、あいつ寂しがり屋だなあ。でも、檻出ちゃっていいのかな？　ほんとに？」

「ここで話すと、みんなの迷惑になりますよね。だからですよ」

「そっか、そっか。まいっちゃうなあ。あいつ、甘えんぼだなあ。俺、眠いのによ」

満更でもないような表情でケンジが笑う。単純な性格で助かった。

「じゃ、行きましょう」

ケンジを促しながら、あとについて智樹は檻の中を進む。後ろからは日名子がついてくる。ケンジが檻の扉を押すと、抵抗なくスィと開いた。

「あれ？　シンじゃん。何してんの」

ケンジが言う。廊下にはシンが立っていた。目をギラギラと光らせながら微笑んでいる。シンは片手をヒョイと挙げると、何でもないというふうに日名子の後ろ、列の最後尾についた。

シンは智樹に耳打ちする。

「オーケー。じゃあ、ケンジを先頭にして進め。大丈夫なはずだが……もしヨウと出くわしたら、分かってるな。ケンジを目くらましにしろ。時間を稼ぎ、隙があれば散弾銃を奪え。そして走り抜けるんだ。駅までな」

智樹は頷く。

「ケンジには、ヨウが話したいと言っている、と伝えてある」

シンは笑った。

「よし。なら変にけしかけなくても、勝手にヨウのほうに行くだろうな」

シンは手で、行けと促した。智樹はケンジに言う。

「じゃ、行きましょうか」

「行くって、どこへ？」

「外ですよ」

「え？　地下から出んの？　それっていいの？　いくらヨっちゃんの頼みでも……」

「ケンジさんなら、特別にオーケーということで許可が出たみたいですよ。よっぽど好かれているみたいですね」

「あ、うそマジ？　困るなあ」

ケンジは機嫌よく笑う。そして何の疑いも持たず、出口へと歩き出した。ここまで簡単だと、罪悪感すら覚えた。

檻に入れられた時とは逆に道を進んでいく。廊下を歩き、二つ目の扉を開けて階段を上る。一つ目の扉も開く。どちらも鍵はかかっていない。ここまでは完璧だった。外の空気が飛び込んできた。

久しぶりに味わう、地上の匂い。瑞々しい草と、ほのかに湿った土の香り。智樹は思わず目を閉じて空気を吸った。すっかり夜の帳が下りているが、星と月が輝いていて、それほど暗くはない。

「ヨっちゃんはどこ？」

ケンジが言う。

「駅のほうみたいですよ」

「え？　なんでそんなとこに？　ああ、でもあいつ昔から駅とか電車好きだったからなあ、まったく子供なんだから」

ここは裏庭である。グルッと回り、アパートの表側に出なければならない。

ケンジはのんびりと歩き出す。智樹は慎重にあたりを窺いながら、そのあとについていく。誰の姿もないようだ。

アパートの表側まで回ったあたりで、颯太たちに呼びかけよう。そして、一緒に脱出する旨を伝えよう。後は全力疾走だ。ケンジは戸惑うだろうが、置き去りにすればいい。うまいこと颯太たちが動いてくれるといいのだが。このタイミングだけは、運が絡む。

颯太、奈々枝、頼む。起きていてくれ。智樹は祈りながら歩いた。

対してケンジは口笛など吹いていた。


ヨウが現れたのは、まったく唐突だった。

アパートの死角。そこから、散弾銃を携えたヨウが出てきたのだ。角を曲がろうとしたケンジの、二メートルほど先。一瞬、全員が驚き、体を硬くした。ヒュウと風が吹き、ガサガサと草が揺れる。

まずい。最悪のケースだ。警備をしているヨウに見つかった。智樹は心臓の鼓動が早まるのを感じた。

しかしケンジはすぐに緊張を解き、のんびりとヨウに話しかけた。

「お、ヨっちゃん！　そこにいたのかあ」

いつものようにヘラヘラと笑いながら、ヨウに近づく。

「ケンジ兄ちゃん」

ヨウもまた、相手がケンジだと気付くとにっこりと笑った。

「ヨっちゃん、また話がしたいんだって？　しょうがない奴だよなあ、まったく、なあトモチー？　ま、東京の話は、俺らだったらいくらでもできるからな、役に立つなら幸いだよ」

「おしごと」の時、おしゃべりしたのと同じような流れ。

智樹は思った。うまくいったようだ。ヨウはケンジに心を許している。警戒していない。こうして時間を稼ぎ、チャンスがあれば散弾銃を奪うのだ。ほっと緊張が崩れていく。

だが。

心が緩んでいるはずなのに、智樹の全身が総毛立った。皮膚に微弱な電気が走るようだ。体中の神経が興奮し、精神が研ぎ澄まされていく。

何だ、これは？　何だ、これは？　智樹は困惑する。

瞳孔が開き、血管が拡張する。逆に呼吸は小さくなり、音が消え、次に色が消え、世界がスローモーションになる。時間が止まる。

腹の底から、ある感情が湧き上がってくるのを感じた。

逃げろ。

「ああ、ケンジ兄ちゃん、脱走しようとしてるんだ」

ゆっくりと、ヨウの声が聞こえる。雑談と同じ和やかな声だ。笑顔。

「ん？　いやいや、お前が話したいって言うから、来たんじゃーん」

ケンジの声も聞こえる。

智樹は後ずさった。すぐに日名子にぶつかった。振り返る。日名子が不思議そうな顔をする。その体を掴み、押す。逃げるんだ。日名子を無理やり押し出すようにして、智樹はヨウから距離を取る。

ガシャンと何か音がする。

「おおかた、昼間の続きが聞きたいってとこだろ？　いいぜいいぜ、どこまで話したっけな、ああそうだ新宿の夜の――」

果肉が詰まった果物が、潰れるような音がした。

風が吹いた。パシャッと、血しぶきが飛んだ。近くの白い壁に髪の毛が生えたままの小さな肉片がくっつき、そこから血液が垂れた。振り返ると、ケンジが崩れ落ちるところだった。コンクリートの土台に赤い液体が流れる。

その向こう側に、ヨウの姿がはっきりと見えた。散弾銃をこちらに向けて、穏やかに微笑んでいた。その表情は、東京の話を聞いていた時と、まったく変わらなかった。

ヨウの腕が上がり、銃口がこちらに向くのを智樹は見た。第二射。轟音が響く。智樹はとっさに日名子を抱きしめ、ヨウに背を向けた。熱と爆風を感じた。

死んだ。

近くの枝が折れ、草が散った。音が聞こえなくなり、視界が一瞬途切れる。しかし、智樹の足は動き続けている。手も、胴体も、無事だ。大丈夫だ。生きている。体のどこにも異常はない。当たらなかったのだ。

もう一度振り返ってみると、ケンジが仰向けに倒れ、痙攣していた。ヨウはポケットから何かを取り出し、銃に詰めている。弾薬を再装填しているのだ。

智樹は日名子の背を叩く。全速力で、走って逃げろ。その意思表示。

日名子ははじかれたように駆け出した。智樹もそのあとを追う。

日名子の後ろにいたはずの、シンの姿はどこにもなかった。

やっぱり、誤算だった。

何から何まで、騙されていたんだ。智樹は走りながら考える。

そもそも、ヨウがケンジに心を許しているということが誤算だった。ヨウは確かにケンジの話に興味を持っていたが、別に友情を築きあげていたわけではない。結局、ヨウ……子供から見れば、ケンジ……大人は家畜にすぎなかった。役に立てば生かしておくし、ルールを破れば殺す。それだけの存在。

檻を黙って出た時点で、ケンジは家畜としての矩《のり》を超えた。だから殺される。それは腐った野菜を捨てるような、ごく普通の行い。

ヨウは一瞬の迷いもなく、ケンジを撃った。問い詰めたり、咎めたりもしなかった。弁解する余地すら与えられなかったのだ。ヨウは、ケンジを人間だと思っていない。そしてそれは智樹に対しても同様なのだ。

智樹は走る。走る。走る。

あっという間に息が上がる。しかし後ろからは、ヨウが追いすがってくるのが分かる。何人かの叫び声も聞こえた。子供たちに、脱走が気付かれたようだ。

もう一つ大きな誤算があった。それはシンだ。智樹は歯を食いしばる。最初から、シンは智樹を囮《おとり》にしたのではないか。おそらくシンは、ヨウに時間稼ぎなど通用しないことを知っていた。分かっていて、それでも智樹にあの作戦を伝えたのだ。智樹を騙すために。

ヨウの散弾銃は、装弾数が二発。つまり、ヨウに出くわした場合、二発の散弾が放たれる。一発目担当がケンジ。二発目担当が智樹。そして保険に日名子。人間の壁で二発を避ける。二発撃てば再装填する必要がある。それこそが真の時間稼ぎ。

その証拠に、シンはとっくに逃げてしまった。最初からケンジと智樹を捨て駒にするつもりで作戦を練っていたのだ。

自分さえ生き残れば、誰がどうなろうと構わない……そういう考えで。

くそっ。智樹は心の中で毒づく。あいつめ。

しかし、智樹はシンを完全には信用していなかった。それが疑念を生み、緊張を生み、ギリギリのところで智樹はヨウの本性に気づくことができた。一瞬早く逃げ出せたからこそ、第二射は智樹を外れた。

あの時、もしケンジのすぐそばに智樹がいたら……。

想像して、智樹はゾッとする。

おそらく今頃、あそこに血だるまになって倒れていただろう。

自分が流した血の海の中でもがきながら、戦慄する日名子を見上げていただろう。

発砲音。

バラバラと大粒の雨が降るような音がして、近くの樹から葉が散る。まだ危機は去っていない。ヨウは走りながら撃っている。すぐ後ろに足音が聞こえる。引き離せない。

死んでたまるか。

智樹は足に力を込め、速力を上げた。ドン、ドンと足の裏が地面に当たるたびに、衝撃が全身の骨を揺らす。全力疾走。前を走る日名子の背が迫り、追いつきそうになる。

はっと気づく。日名子を抜いてはダメだ。

智樹はとっさに右足を横に蹴り出し、左の路地へと方向転換した。日名子はそのまままっすぐに駅に向かって走っていく。背後から迫るヨウをいったん自分に引きつけ、日名子を逃がす考えだった。追いすがる足音は消えない。ヨウは智樹を追い続けている。

しかし、進む先を見て智樹は後悔した。そこは行き止まりだった。両側は壁、正面に分厚い垣根。振り返ると、ジョギングでもするように軽快なステップで、ヨウが迫ってくるのが見えた。

智樹は腕を顔の前で交差させ、頭を守った。

そして走る勢いのまま、垣根に突っ込んだ。

とがった枝が、葉が、智樹の皮膚と服を裂く。歯を食いしばっていると、垣根を抜けた。

そして智樹は再び後悔した。

垣根を越えた先に、足が着く地面はなかった。そこには闇だけが存在し、何も見えない。はるか下方からザアザアと水の流れる音がする。智樹は体勢を崩してもがく。手で何かを掴もうとするが、虚しく空気をかくのみ。

そのまま、大きな闇の塊の中に、智樹は吸い込まれていった。


周囲が騒がしい。奈々枝は目を開け、ベッドから降りる。反射的に颯太を見た。しかし、颯太は大人しくそこで眠っていた。ほっと息をつく。

喉がカラカラだった。最近は粘性の高い血液が、口と鼻から気管に入り、肺を埋め尽くすという夢を見る。その時に、水分を奪われているのだ。沢村のせいに違いない。

窓を開けてベランダに立つ。まるで蟻が巣から湧き出るように、アパートのあちこちから子供たちが出てくるのが見えた。ある者は懐中電灯を持ち、ある者は自転車に乗ってライトをつける。なにか非常事態が起きたようだ。

部屋の扉が開き、マイが現れた。

奈々枝と目が合う。マイは奈々枝と颯太を確認すると、一つ頷いて去っていった。怒っているような表情であった。

地下室の入口には何人もの子供たちがいて、騒然としている。誰かが逃げ出したのだろうか。

ならば、ここは子供たちに恩を売るチャンスである。さらに信頼を得られれば、奈々枝の地位はより強固になるだろう。それは同時に、颯太の安全も意味する。

捜索と、追跡に加わらなければ。奈々枝は上着をはおると、扉へと向かう。

ベッドの颯太の様子を見る。颯太は眠っているようだ。

「愛してるよ、颯太君」

奈々枝は颯太に近づいて、その姿を熱っぽい瞳で見つめる。いくら見ても見飽きない、素敵な顔だ。

「絶対に、颯太君、離さないから」

奈々枝は颯太の耳元で言う。

沢村にも、マイにも、颯太を持っていかれるわけにはいかない。颯太は奈々枝の大切な人なのだ。

鼻に水が入ると、どうしてあんなに苦しいのか。水は口に含むだけなら甘く無抵抗なのに、他の粘膜に触れた瞬間にまるで刺激物のように振る舞う。

智樹の耳に、鼻に、口に、容赦なく水が入った。水は智樹を外側から翻弄し、内側から分解しようとした。

智樹は混乱していた。頭の中で、川に頭から突っ込むイメージが繰り返される。すでに水中にいるというのに、頭の一部が「どこに落ちたのか」を理解しようとしているのだ。違うだろう。今は、どうしたら溺死を免れるかを考えるべきだ。そう主張する智樹がいて、水上に出ようと必死でもがく智樹がいる。自分がいくつもに分裂していて、思考の焦点が定まらない。

藤菜川は深く、冷たく、流れは速かった。大きな岩が、時々智樹の体を通りすがりに殴りつけていく。水をいくらかいても、浮かんでいく感覚がない。暗い中で泥が舞い上がり、何も見えない。

助けて。

崩れていた自我は、いつしかその一言に集約されていた。

助けて。

どれだけ努力しようとも、抗えぬ流れ。精一杯に生きようとしながらも無力な赤ん坊のように、智樹は祈った。視界は消え、痛みが消え、音が消え、平衡感覚が消える。何もない世界のどこかで、光が見え始めた。それが、自分の脳が作り出している妄想だと、智樹はなんとなく理解していた。

智樹はぼんやりと、異世界の中で浮かんでいた。

体に何かが巻きついた。

腹が圧迫される。グイと引っ張られる。肺が潰され、智樹は口を開いて喘ぐ。そこに水が飛び込む。咳と悲鳴が喉を裂く。痛みが戻った。

突然、水上に出た。同時に全ての感覚が戻る。息を吸い、吐き、また吸う。

すぐ横に男の顔面があった。半裸のその男は歯を食いしばり、必死の形相で水をかいている。その体温が、熱気が、冷水をものともせずに伝わってくる。

シンだった。

シンは智樹を力いっぱい掴み、残る腕と足を使って、わずかずつだが確実に、岸へと近づいていった。智樹はどうしたらいいか分からなかった。震える腕でシンにしがみついた。

智樹を引き上げてから、シンは獣のように吠えた。そして何度もその場で跳ぶ。水に濡れた髪が、鞭のように揺れた。

水を飛ばし、体を温めようとしているらしい。

「お前もやれ」

シンは智樹を見ると、そう言った。

体には水を吸った服がまとわりついていて、寒い。智樹はまず服を脱ごうとした。脱いでさえしまえば、幸いにも気温は高いので何とかなるだろう。

しかし指が震えて、ボタンを外すことすらできない。歯はカチカチと鳴り、集中できない。

「仕方ない奴だな」

シンは髪をかき上げると、智樹のすぐそばまで歩いてきた。そして手早く智樹のシャツを脱がし、近くの枝にかける。

「下は自分でやれよ」

智樹は頷く。服を脱ぐと、少しずつだが体が温まってきた。昼の日光が残した余熱が、まだ川原の石に残っている。生きている。助かったのだ。

「だいぶ流されたな。だが、ヨウは追ってくる。ここを離れるぞ」

シンは腰に手を当てて言う。

「立てるか？　早く行くぞ」

智樹は立ち上がろうとするが、足に力が入らない。

「貧弱な奴だな。おら」

シンは智樹の腕を掴み、無理やりに引き起こした。なんとか体が上がる。

「なぜ僕を助ける」

智樹は震える声で口にする。

「あ？」

「僕を、囮にしたんだろ。シン」

智樹がそう言うと、シンは少し歯を見せて笑った。

「へえ、気づいてたか」

やはりそうだったのか。一発殴りつけてやりたいと智樹は思ったが、その力が残っていない。

「そんな僕を、なぜ助ける」

シンは動揺した様子もなく、答えた。

「まだ利用価値があるからさ」

なんだその人を食ったような回答は。智樹は思う。その時、グイと力が入り、一歩前に歩くことができた。ひょっとしてシンは、気力を出させるために、わざと怒らせているのだろうか。智樹は困惑する。

ほら行くぞ、とシンが背を向けて歩き出す。智樹はシャツを手に取ると、その後に続いて歩き出した。

無我夢中で走り、駅に着いて日名子が振り返った時、そこには闇だけが広がっていた。智樹の姿はない。追っ手の姿もない。何もない。巨大な鮫の体内のような、大きな大きな深い闇だけがあった。そこに、全てが飲まれてしまったようだった。

そう言えば途中から、智樹の足音が聞こえなくなった。どこかではぐれてしまったのだ。逃走中に二手に分かれるケースは事前に想定していた。その場合、駅で落ち合うことになっていた。

もう少しここで待っていれば、来るだろうか。

日名子は息を整えながら、じっと待つ。ロータリーの真ん中で立ち尽くし、頭上を月と星がゆっくりと流れていくのを見る。

一人ぼっちだった。

誰も、来ない。

ずいぶん長い時間待ったように思う。それとも、さほど時間は経っていないのだろうか？　時計がないので分からない。

逃げ出す時に声をかける余裕がなかったから、奈々枝と颯太もアパートの中に置き去りだ。二人は今頃どうしているだろうか。日名子たちが逃げ出したことを、もう知っただろうか。

日名子は心細い気持ちで、誰もいない真っ暗の駅舎を眺めた。

数日前この駅舎にやってきた時には、四人とも楽しく笑っていたのに。

「どうしてこんなことになっちゃったんだろう」

小さくつぶやいた。答える者は誰もいない。

日名子はゆっくりとあたりを歩き回る。あまり長いことここに留まっていると、追っ手に見つかってしまうかもしれない。不安は尽きなかった。

駅は小さく、周辺には何もない。

逃げ出すべきだろうか。隣町まで行って、警察を呼ぶべきだろうか。

智樹は？　智樹はどうしたんだろう。途中で捕まったのだろうか。助けに行ったほうがいいだろうか。

どうしたらいいんだろう。

日名子は頭を抱える。智樹と一緒だったらすぐに決められるのに。一人になった途端、これだ。

日名子はよく、さばさばしているだとか、決断が早いとか言われる。実はそんなことはない。日名子は優柔不断だ。自身は、それを知っている。だけど智樹と一緒にいる時だけは、元気いっぱいでいられるのだった。智樹が悩んでいる姿を見ると、励ましたくなる。智樹が決断できないでいると、背を押したくなる。そのために日名子は笑い、明るく振る舞う。

ただ、それだけなのだ。

日名子の元気も、日名子の勇気も、智樹から当てられる光によって生まれる影であり、日名子自身から発せられるものではない。

「智樹……」

日名子は道路に、座り込んだ。

「智樹……寂しいよ、智樹……」

日名子には智樹が必要だった。思えば、いつだって智樹と一緒にいたのだ。学校でも、部活でも。土日や休日にはさすがに別々だが、それでも何日か待てば会えるし、寂しければすぐに電話もできる。智樹はいつだって存在した。

しかし、闇の中から智樹の気配は消え去っていた。

智樹は、死んでしまったのかもしれない……。

そう考えると、ひどい喪失感が日名子を襲う。考えないように、考えないようにと思っても、腸《はらわた》からジワジワと這い上がるように、不安が体に染みこんでくる。体の震えが止まらない。手で押さえても、ガクガクとその腕が震える。熱帯夜だというのに、こんなにも蒸し暑いのに、不安だけで震えているのだ。

こんなに自分、弱かったんだ。日名子はそう思う。

その時、目の前を黄色い線が音もなく横切った。

何事かと顔を上げる。懐中電灯の光だった。光はあちこちに向けられている。人を捜しているようだ。日名子は凍りつく。

闇の中、日名子が走ってきた道の奥に、人影が一つあった。懐中電灯であたりを確認しながら、ゆっくりと駅のほうへと近づいてくる。道路に座り込んでいる日名子には、まだ気づいていないようだ。カサリ、カサリと小さな足音。

日名子は目を凝らす。智樹ではない。

光がまぶしくてよく見えない。追っ手か。

下手に動けば見つかるだろう。このままじっと動かず、物陰でやり過ごしたほうがよさそうだ。日名子は心を決めて、息をひそめた。

懐中電灯が近づいてくる。まばゆい光が夜の中の埃や虫をキラキラと映し出す。光を手にしている人間を、日名子は薄目で見る。

そこには思いがけず、懐かしい顔があった。

「奈々枝……？」

日名子は声を出す。

ほっと一安心していた。涙が出そうだった。奈々枝。ずっと離れ離れだった奈々枝。どうしているかと心配だったけれど、元気そうだ。よかった。どうして奈々枝がここにいるのか、なぜ懐中電灯を持って歩いているのか、そこまで日名子の思考は及ばなかった。

奈々枝がすいと振り返った。その視線は正確に、日名子の姿を捉えていた。

そして奈々枝は、満面の笑みを浮かべた。

「そこにいたんだ、日名子」


シンと智樹は川から離れ、山に入ると茂みに身を隠し、夜を過ごした。子供たちの声や足音が聞こえたが、近づいてくることはなかった。やがてあたりの物音は虫の声だけになり、智樹がウトウトし始めた頃、朝日が昇ってきた。不快なほどの眩しさだった。あちこちを蚊に刺されていて痒かった。土の上で寝たので体が痛く、そして冷え切っている。疲れが取れたとは言いづらい。気怠かった。

ただ、太陽だけが爽やかに輝いている。

自分たちがこれだけ苦しんでいるのに、どうして太陽はそんなに明るいのかと、無性に腹が立った。智樹は日の光を手で遮りながら、体を起こす。

「お前が寝ている間に、様子を見てきたぞ」

声をかけられる。振り向くと、シンが座っていた。シンは細いながらも筋肉質で、依然として半裸だった。何か気恥ずかしく、智樹は目をそらす。

「お前の彼女は捕まった」

「……何？」

彼女。日名子のことだと、智樹は察する。その日名子が捕まった……？

「どうして！」

「どうしても何も。連れていかれるのを遠目に見ただけさ」

「くそっ……」

智樹は歯を食いしばり、そして立ち上がる。

「おい、どうするつもりだ」

「決まってるだろ。日名子を助けにいく」

一度逃げ出して捕まったとなれば、どんな目に遭わされるか分からない。実際に人を殺している奴らだ。一刻も早く助けなければ……。

焦る気持ちに反して、智樹の足はよろめく。必死で傍の木にしがみついて体を支えた。

「ムリすんな。だいたい、どうやって助ける。向こうだって仲間を助けに来ることは当然想定して、警戒しているぞ」

「……」

「お前にはムリだよ。子供たちの監視体制も知らなければ、石尾村の土地勘もない」

「……しかし」

「どうやってアパートに戻ったらいいか、それすら分からないだろう？」

智樹は沈黙する。あたりは木と草だけだ。四方を深い山に囲まれている。ここが村のどのあたりなのか、見当もつかない。かすかに川のせせらぎが聞こえるだけだ。

「……川に出る。そして、上流に向かえば村に着く」

シンが笑った。

「ムリに決まってるだろ。川を探す前に食料が尽きて死ぬさ。お前、山を舐めてるだろう？　山ってのはな、人間を拒絶する世界だ。生々しい自然そのものだ。木があれだけあっても、食べられる実はほぼ存在しない。草があれだけ生えていても、煮沸せずに食える草は皆無だ。水も同様。お前は、ここでは無力なんだよ」

「じゃあ、どうしろって言うんだ」

「……俺の協力が欲しいだろう？」

シンが言う。

智樹を試すように、その目を光らせて覗き込む。

「ふざけるな。お前は、僕たちを囮に使っただろう。そんな奴を信用できるかよ」

「それは事実だよ。どうしても必要だったんだ。ヨウの散弾銃を避けるために二人。そして、俺に協力してくれる人間が一人……」

「僕は、お前を許さない」

「……だとしても、お前には俺が必要なはずだ」

完全に足元を見ている。うっすらと笑いながら。

智樹の腸は煮えくりかえるようだった。しかし、シンの言っていることは事実だった。智樹一人で子供たちに立ち向かい、日名子を奪い返すのは至難の業。アパートに辿りつくことすら難しい。

「協力しようぜ」

シンが言う。

「……お前は何を考えてる」

「ん？」

「僕たちを散弾銃の弾除けに使っておきながら、川に落ちた僕を助けた。僕を裏切っておきながら、協力しようと言う。お前は、何がしたいんだ？　何を考えてる？」

シンは智樹を見つめながら、しばし沈黙した。何か考えているようだった。

「それを聞かない限り、一緒には行動できない」

智樹は言う。

「また裏切られるのが怖いか？」

「当たり前だろ。そんな危険をはらんだ協力なんかよりは、一人でアパートを探して山をうろついたほうがマシだ」

「なるほど……」

シンは頷く。

「じゃあ、説明しよう。俺にはな、どうしてもやらなくちゃいけないことがあるんだ。そのために、檻から脱出しなくてはならなかった。お前らを囮にしてでもな……そう不快そうな顔をするなよ。溺れてるお前を助けたのも事実だろ。囮にして、マイナス一。助け出して、プラス一。プラスマイナスゼロ。恩を売ったとは言わない、せめてチャラにしてくれないか？」

「その先を聞いてからだ」

「俺はな。『腐り鬼』の治療法を手に入れたいんだ」

シンは真剣な表情で言った。

「そのためには、誰だって利用する」

5

奈々枝はマイの部屋に入る。

鋭い目で、射抜くようにマイが奈々枝を見た。

「ヒナコはあなたが捕まえたそうね」

「はい。元どおり、檻に入れてあります」

「……元、友達だけど、よくやれたね」

来た。奈々枝は構える。

おそらくマイは、奈々枝に探りを入れているのだ。忠誠心を見せておかねばならない。

「そんなの関係ありません。日名子はルールを破ったんです。捕まえるのが当たり前です」

「そのとおり」

マイは満足げに頷く。よし。ポイント獲得。奈々枝は心の中で言う。

「……ソウタについて少し言っておきたいことがあるんだけど」

「マイさん、颯太は部屋にいるはずです。先日以来、裏切るような行動は一切取っていません。颯太は、信頼して大丈夫です」

奈々枝は颯太の忠誠をアピールする。この機に颯太の評価も上げておかなくてはならない。

「そう……」

マイは複雑な表情をする。どうしたのだろう。奈々枝が不思議に思っていると、マイが続きを口にした。

「これが何だか分かる？」

そしてメモ用紙ほどの大きさの紙をつまんで奈々枝に見せる。小さなでこぼこの模様が、鉛筆で描かれている。嫌な予感がした。

「分かりません」

「トモキたちが脱走して、あなたに追ってもらった。そしてあなたは、ヒナコを捕まえて戻ってきた。それは感謝してる。だけどね、留守中にソウタは裏切りを働いたの」

奈々枝の顔面から血の気が引いていく。何だ。何があったというのだ。

「ソウタは脱走事件のどさくさにまぎれて、私の部屋に入った。そして檻の鍵を写し取ろうとしたの」

奈々枝は息を吞む。そんな。そんなわけがない。颯太は眠っていたはずだ。颯太がそんなことをするわけがない。心の中で何度も繰り返す。

「彼は私の不在時を狙ったみたいだけど、うまくいかなかった。あの部屋にはね、どんな時でも見張りを置いているの。私がいない時でもね。彼が潜入したことはすぐに分かって、私は部屋に駆けつけた」

奈々枝の足元から、寒気が立ち昇ってくる。足、腰、腹、胸。下から順番に、奈々枝の体を震わせていく。

「その場でソウタに出くわした。ソウタは、何か言い訳をしようとしていた。だけど、私は問答無用で撃ったの」

マイは机の上の拳銃を示す。

「ソウタは倒れた」

奈々枝の喉から、細い悲鳴が漏れだした。

「仕方ないよね？」

マイは笑っている。

奈々枝の悲鳴は笛のような音から、少しずつ大きくなっていく。肺胞が震え、気管が震え、舌が震える。

「颯太が裏切ったのが悪いんだから……」

サイレンのように、抑揚のない声で、奈々枝は叫び続けた。

真顔のまま、叫び続けた。

「俺はな。救いたいんだよ。子供を」

シンは語る。智樹はそれを黙って聞く。

「石尾村は子供が大人を支配することで、『腐り鬼』を封じ込めることに成功した。危険な大人たちを隔離し、子供たちの楽園は続いている。ここまで安定させるのも大変だった。苦闘の連続だった。その結果、今がある」

シンの口調からは、人を食ったような気配が消え失せている。

「だがな。それでも十八歳以上になれば『腐り鬼』を発症する危険がある。子供たちの楽園は、期間限定のものだ。たった、十八年だけの世界……」

「そのルールを決めたのは、自分たちだろう？」

「ああ。正確には……俺だ」

「シンなのか」

「俺が作ったルールだ。だから、俺しか逆らえない」

シンは過去を悔いるように、拳を握った。


日名子は檻の中で、茫然としていた。

シャツをめくってお腹を見る。縦に一センチほどの浅い切り傷。血は止まっていたが、何かジュクジュクしたものが出ていて、傷口は完全に塞がってはいない。触ると鋭い痛みが走った。

久しぶりに会った奈々枝。一緒にカラオケに行って、一緒にクレープを食べた奈々枝。見慣れたその顔、その仕草で、奈々枝は日名子に包丁を突きつけた。そして、檻に戻るようにと言った。

日名子が困惑していると、奈々枝はゆっくりと包丁に力を込めた。先端が日名子のお腹に当たり、そこを中心として服に皺が走る。話し合おうとした日名子の努力はムダに終わった。何を呼びかけても奈々枝は返答せず、ただ包丁で日名子を威嚇し続けた。ここで死ぬか、檻に戻るか。奈々枝はその二択だけを繰り返した。

日名子が諦め、奈々枝に連れられてアパートへと歩き出した時、腹部は裂け、シャツは赤く汚れていた。

「友達だったのに」

日名子はつぶやくと、両手で顔を覆った。

日名子が閉じ込められたのは、最初に入れられた檻だった。シンのいた場所。ここは、処分がまだ決まっていない人間用の檻だと言っていた。脱走した日名子には、これから罰が与えられるのだろう。

日名子は自暴自棄な気分だった。ここには日名子一人。シンはいない。智樹もいない。二人は無事に逃げただろうか。颯太はどうしているのか。奈々枝はどうなってしまったのか。分からないことが多すぎて、考えるのが億劫《おっくう》になっていた。もうどうにでもなってしまえ、罰でも何でも与えればいい、そう思っていた。

そのせいか、他の檻が騒然としているのに、しばらく気づかなかった。

入口につけられた小さな窓から廊下を見る。内容は分からないが、他の檻から大人たちの雑談が聞こえてくる。変だ。普段であれば、そろそろ「おしごと」が始まる時間のはずなのに。みんな檻の中にいる。休日なのだろうか？

と、一人の子供が廊下を歩いてくるのが見えた。背が低く、丸刈りで弱気そうな男の子だった。見覚えがある。アパートの地下に入れられる時に、鍵を持っていた子。

男の子はあたりを気にしながら、足を忍ばせて近づいてくると、扉を挟んで日名子の目の前に立った。そして、小声で日名子を呼んだ。

「あの。ヒナコさん、ですよね」

利発そうな声だった。

「はい」

日名子は不思議に思いながらも返事をする。

するとき鍵を外す音がして、扉が開いた。ケンスケは手に果物ナイフを持っている。それで日名子を威嚇しながら静かに室内に入り、扉を閉めた。

　そして、日名子の目をまっすぐに見て口を開いた。

「僕、ケンスケです。すみませんが、聞きたいことがあるんです」

　これは尋問の類だろうか。ここで話した内容で、日名子の罰が決まるのだろうか。日名子は考え込む。

「僕、どうしても気になって。なので、こっそり来ました。僕が来たことは、マイお姉ちゃんたちには言わないでください」

「……はい」

　尋問ではない。何なのだろう。

「シンお兄ちゃんについて、聞きたいんです」

「ああ、あの人……」

　日名子は困った。シンについて日名子は多くを知らない。ほとんどのやりとりは智樹が行っていて、日名子はそれを見ているだけだった。最初から最後まで、よく分からない人物という印象のままだった。

「シンお兄ちゃんは、どうして逃げ出したんですか？　僕たちが、嫌いになったんでしょうか？」

「嫌いになる？」

「シンお兄ちゃんがいなくなるなんて、僕には分からないんです。僕はどうしたらいいのか、決められなくて」

「どういうこと？」

「シンお兄ちゃんが僕たちを見捨てて逃げるなんて、ありえないと思うんです」

ケンスケは、泣くのを我慢しているような口調で話す。

日名子は、質問をする。

「シンお兄ちゃんって……あなたたちにとって、何なの？」

ケンスケはすぐに返事をした。

「シンお兄ちゃんは、ヒーローです」


智樹は聞く。

「どういうことだ。もっと、ちゃんと説明してくれ」

「……俺はこの村で生まれた。あの、『富士荘』でな」

シンは、ゆっくりと話し出した。

「昔はこの村も、もう少し人の出入りがあったらしいんだけどな。人口の流出が止まらなくて、廃村寸前になったそうだ。廃屋だけが建ち並ぶ、死んだ村だよ。そこに、ある金持ちがアパートを建てた。死んだ村に建つ、立派なアパート」

智樹は黙ってそれを聞く。

「金持ちは、隣町に工場を持っていた。そしてやつは工場の働き手とアパートの入居者を募集したんだ。対象は若いカップル。特に金がなくて……他に頼る人間がおらず、住むところにも苦労している、そんな人間ばかりを集めた。工場に勤め、アパートに住めば、家賃がタダ同然、子供の面倒も見てくれたそうだ。みんな感謝した。雇ってくれて、寮まで作ってくれるその金持ちに、感謝した」

シンは遠くを見る目で続ける。

「俺の母親も、父親も、感謝した。ここにやってきて住み、俺を産んだ」

シンが智樹を見る。智樹は頷く。

「でもさ、美味しい話には裏があったんだよ」

シンの瞳の色が深く、濃くなった気がした。

「金持ち大家は、とんでもない変態だったのさ。奴は、小児性愛者だった。幼稚園に入るくらいから、中学生あたりまでが好み。子供なら、男でも女でも興奮する。村に住むカップルには、次々に子供が産まれる。そして、両親は共に朝から晩まで工場で働く。その間のアパートは、大家と子供たちだけ……」

智樹は眉をひそめた。

「大家は人助けをしていたわけじゃないのさ。最初から村を自分の王国にするつもりだったんだ。貧乏人を金の力で支配して、子供たちを囲い込み、学校にも行かせず、自分の所有物にする。遠大な計画の持ち主だったわけ」

「……性的虐待が、行われていたのか」

シンは肯定するかわりに、不快そうにうつむいた。

「子供って不思議なんだよな。誰に教えられずとも、善悪の判断はつくんだ。善悪は生まれながらに宿ると思うね、俺は。アパートの庭で遊んでいると、あのでっぷり太った大家が、お菓子を俺たちにくれるんだ。で、嫌らしい目で俺たちを見回して、子供を一人選んで、部屋に連れていくんだよ。選ばれた子は数時間、帰ってこない。俺たちはそのまま遊び続けているように言われる」

シンは水が流れるように話す。智樹は黙って聞き続ける。

「俺には分かってた。奴が、悪人だって分かってたよ。最初っからな」

「分かってたって……」

「俺だけじゃない。全員が分かってた。子供を裸にしてビデオを撮ったり、触り回したり、自慰をするよう強制したりする大家。うまいこと言うんだな。健康診断するからとか、社会勉強のためとか。誤魔化すわけだ。上手だよな。それで、終わったあとはお菓子でも玩具でも、何でもくれる」

智樹は聞く。

「逆らわなかったのか」

シンが奥歯をすり合わせた。ギリと音が響く。しかしすぐにシンは表情を戻し、続けた。

「子供ってさ、本当に不思議なんだ。計算高いんだよ。俺はさ、数年前のほうが頭がよかったんじゃないかって思ってる」

「計算高い……？」

「逆らえないのさ。大家は強い。思い出せよ、小学生の頃を。大人はまるで山のように大きく見えただろう。軽い平手打ちですら、子供は簡単に吹っ飛ばされるんだ。分かるんだな、それが、本能的によ。生きるために戦うべきかどうか、勝算があるかどうか、頭の奥底が判断するんだ……俺たちは判断した。大家を敵に回すのは、得じゃないってな」

シンは自嘲気味に笑っていた。

「そして一度戦わないとなったら、徹底して服従する。だってそうだろ。戦う気がないのに余計な反発したって無意味だ。睨まれるより、気に入られたほうが生きやすい。お菓子も貰えるし、平和に暮らせるからな。だからみな、大人しく言うことを聞いていた。あの豚野郎の前で笑い、奴を喜ばせ、計算高く、ずるく、せせこましく、必死で生きていたんだ」

「他の大人たちには、ばれなかったのか」

「ああ……そうだな、計算高いのは子供たちだけじゃなかったな。大人もそうだ。村の大人たちは、何もしなかった」

「でも、自分たちの子供が虐待されていたわけだろう?」

「どうなんだろうな。直接問いただしたわけじゃないから、よく分からない。ただ、何も気が付いていないってことはないだろう。そうだな、バカのケンジは知らなかったかもしれないが。他の大人たちは、大家が子供たちに手を出そうとしているくらいは、分かっていたはずだ。でも何もしなかった」

「どうして……」

「さあな。怖かったんじゃないのか。大家を敵に回して、職と住居を失うのがよ。あるいは、逆らえないような奴を選んで、大家が入居させたのかもしれない。まあ、奴らは天秤にかけたのさ。子供に及ぶ危険と、自分たちが得られる利益とをよ。大家は暴力をふるうわけじゃない。ビデオ撮影くらいでこの生活が維持されるのなら、いいと思ったんじゃないか」

　シンは心から軽蔑するような目をして、空を見た。

「俺は両親に言った。大家が、悪戯をするってな。他の子供たちも言っていたはずだ。だけど、両親は信じなかった。大人たちは誰ひとり、信じなかった。いや、信じてはいたのかもしれない。だが、動かなかった。見て見ぬふりをし続けたんだ」

「そんな。それじゃ、大家のやりたい放題じゃないか」

「ああ、そうだよ」

シンは頷く。

「大家を含め大人たちはみな、子供を食い物にしていた。積極的に虐待したのは大家だが、他の大人も間接的に加担していた。俺たちは耐え続けていた。無限に続くような、地獄の日々を」

「そんな……」

「腐ってるだろ？」

シンは笑う。

「『腐り鬼』だよ……村には、『腐り鬼』が蔓延していたのさ」

「なに……？」

智樹は思わずシンの顔を覗き込む。

その目には、狂気の光があった。

「俺には不思議で仕方なかった。だって両親だぜ。子供のことを誰より愛しているはずの両親すら、子供を守らない。そんなことがどうして起きるのか、理解できなかったよ。お前も不思議だろう？　そんなこと、普通はありえないもんな……俺は考え続けた。どうしてなのか。なぜなのか。ある日、分かったよ。村の役場にあった、古い本を読んでな。そこに『腐り鬼』という伝承について書かれていたんだ。石尾村は、山と野の間にある村だ。つまり鬼と、人の境目にある村。この村で暮らす人間は……普段はもちろん人間だが……時折山から風が吹く。鬼の気を含んだ、悪い風が。それにあてられると、人の血と肉と骨は腐り、鬼になる……『腐り鬼』」

シンは目を輝かせて、口を動かしている。

「大家が俺たちを襲っているのは、大人たちが俺たちを守らないのは、『腐り鬼』のせいだったんだ。奴らは腐ってしまったんだ。山からの悪い風でな。それ以外、考えられないだろう？」

智樹は絶句する。

「それ以外、考えられないだろう？」

シンはもう一度言った。

「理由が分かれば、対処法だって分かる。俺はすぐに作戦を立てた。最も重症な『腐り鬼』は、あの大家だった。奴はもう、根っこまで鬼に成り果てている。殺すしかなかった。だから……頭をぶちぬいてやった」

シンは口を大きく開いて言った。犬歯が見えた。

「いつもどおりにあいつが、マイを連れていって……裸にしてさ、自分も脱いで……ニヤニヤ笑ってたから、後ろから一発……」

ヒョイと手を上げ、銃を構える仕草をしてみせる。

「散弾銃、あいつの持ってた猟銃なんだ。俺は見てたんだ。あいつが銃の手入れをして、空き缶とか狙ったり、山に入って獣を撃ったりすんの、全部見てたんだ。いつだって見てた。遊びながら、お菓子もらいながら、友達が裸にされんの放置しながら、ずっと……。銃の扱いも、撃ち方も、すっかり頭に入ってたよ。それでも、反動が思ってたよりずっと大きいのにはびっくりしたけどな。だから一発目は外しちまった。奴のケツにあたったのさ。それでも弾丸が肉を裂いて、骨まで見えたよ。あいつ、ものすごく驚いてたな。ぶっ倒れて、勢い余って転がって、ケツに手をやって血がべっとりついて、ワナワナ震えてマイを見て、そして俺を見た。素っ裸のマイも俺を見た」

「大家は……どうなったんだ」

「大家の奴、お母ちゃん、助けて助けてって泣くんだ。だけど、俺には分かっていたよ。そんな命乞いは、演技に決まっている。奴は『腐り鬼』なんだ。俺たちを騙すためには何だってする。ここで奴を仕留めなかったら、また俺たちを襲うだろう。だから俺は撃った」

シンは握った拳をパッと開く。

「頭を狙った。大家の顎のあたりが吹っ飛んだよ。歯が飛び散って、鼻が床に転がって、大家は首をがっくり折って動かなくなった。血がマイの白い体にびっしりと貼りついた。マイは震えてたな。目を大きく開いて、歯をカチカチ言わせてた。大家の半壊した顔面から、長い舌がまるでウミウシみたいに飛び出してた。ついさっきまで、マイの胸や下半身を舐めまわしていた部分だ」

智樹は顔をしかめる。何という光景だ。

「マイの奴、足をぽっきり折るみたいにして、大家の前にへたり込んだ。俺は言ったよ。大家は病気なんだって、『腐り鬼』なんだって、だから殺さなきゃならないって。マイは泣きそうな顔をしながら、震える手で、横の本棚から分厚い辞書を手に取った。手入れされている脇が、俺には見えた。マイはそのまま辞書を振り上げると、大家の脳天に思い切り打ち下ろした。また血が飛んで、マイの乳房に付着した」

シンは伸ばした腕を、手首の部分でぽっきりと折ってみせる。

「その一撃で大家の背骨が歪んだ。魚がのた打ち回るように痙攣していた大家の体が、プルプルと揺れるだけになり、そして動かなくなった。それでもマイは辞書を振り下ろし続けた。何度も何度も、何度も何度も何度もそれで大家を殴り続けた。辞書は血を吸って赤く染まり、ひしゃげて、曲がって、破れた」

「殺したんだな」

「そうだ」

「だからシンお兄ちゃんはヒーローであり、僕たちの救世主なんです。『腐り鬼』を倒した、勇者なんです」

ケンスケが語った経緯は、日名子を驚かせるに十分だった。

「シンお兄ちゃんが先頭に立ち、僕たちは立ち上がりました」

「他の子供たちも……？」

「はい。まず、僕たちは武器を手に入れました。包丁とか、拳銃」

「拳銃？」

「はい。駐在所を襲い、手に入れました。シンお兄ちゃんが、僕たちを指揮しました」

「襲ったって……」

「警察官の後藤さんは、抵抗したのでシンお兄ちゃんが撃ち殺しました。後藤さんは……重症の『腐り鬼』だったんです」

「そんな。大家以外の人も、殺したの？」

ケンスケは、それが何か問題なのか、という態度で答える。

「そうですよ」

「だって、村の人は関係ないじゃない」

「何を言ってるんですか。彼らは全員発症済みの『腐り鬼』なんですよ。戦わなければ、やられるのはこっちです。それとも、黙って襲われていればよかったと、そう言うんですか？」

「いや……」

「夕方になると、工場から電車に乗って、大人たちが帰ってきます。全員、『腐り鬼』です。僕たちは村に入ってきた彼らを包囲しました。シンお兄ちゃんは銃でみんなを脅し、マイお姉ちゃんが大家の首を持って掲げました。僕たちは手に手に武器を持ち、並んでお互いを守りながら、大人を全員、アパートの地下に隔離したんです」

「その中には、あなたの両親もいたんでしょう？」

日名子は必死に訴えかける。

「いましたよ」

「自分の両親まで、地下に……？」

「ええ。どうして分からないんですか？　大人たちはみな、『腐り鬼』なんです。放っておけば、大家と同じくらいの鬼に育つかもしれません。『腐り鬼』の進行を防ぐため、山の悪い風から離れたところに隔離しなくてはなりません」

「そうじゃなくて、あなたのことを愛している両親を……」

「大事な両親だからこそ、殺さずに隔離するんですよ」

ケンスケは不思議そうに首を傾げた。

「でも……」

「この村が今の形になったのは、その日からです。僕たちは、数少ない資料をかき集めて『腐り鬼』について調べました。『腐り鬼』は、子供はかからないそうです。確かに僕たち子供は誰も、『腐り鬼』ではありませんでした。しかし大人は全員『腐り鬼』です。大人の中で最年少だったのが、十八歳の人物でした。つまり、ここで十八歳以上が『腐り鬼』にかかる危険があると分かりました……同時に、十八歳以上は地下に隔離される、というルールも決まったのです」

「反対する人はいなかったの？」

「いました。そういう人は殺しました」

「え？」

「だって『腐り鬼』を防ぐためのルールに反対する人は、『腐り鬼』に決まっているじゃないですか」

「……」

「もちろん、最初は僕たちも怖かったです。人を殺すのは嫌でしたし、戦うのも気が進みませんでした。でも、シンお兄ちゃんが率先してやってくれたんです。シンお兄ちゃんは言いました、迷ってはいけないって。迷えば、『腐り鬼』の思うつぼだって。だから僕たちも、シンお兄ちゃんの姿を見習って戦いました……結果的にはよかったと思っています」

ケンスケの理屈は通っている。シンの行動も理解できる。

『腐り鬼』という風土病と戦うために、村を挙げてこの仕組みを作り出した。手遅れになっている大家は殺し、他の大人は隔離する。そして子供たちだけで村を運営する。そして十八歳以上の大人は、発症しないように地下に入れる……。

ただ、その理屈はたった一つの仮説によって崩れ去る。

そう。

もし……もし、「腐り鬼」などという風土病は、存在しないとしたら。

子供たちが全員、「腐り鬼」という妄想に囚われているとしたら。

日名子は震える。

子供たちが共有している妄想こそが、鬼なのではないかと思って震える。

「シンお兄ちゃんは頭もいいし、最初に『腐り鬼』に対抗した英雄です。僕らはみんなシンお兄ちゃんを頼りにしてました。だから、分からないんです。どうしてシンお兄ちゃんが逃げ出したのか」

「どうしてって、言われても。だいたい、彼はずっと脱出を考えていたみたいだったよ。檻も、協力者を作って開けてもらったみたいだし」

「シンお兄ちゃんの言いつけどおり、檻を開けたのは僕です」

「え？」

「シンお兄ちゃんは、ちょっと外が見たいって言ったんです。他の檻の友達と、外が見たいからって……だから僕は檻を開けたんです」

シンの協力者はケンスケだったのか。

「じゃあどうして、開けたの？」

「だって、シンお兄ちゃんが逃げ出すなんて、ありえないじゃないですか！　一番『腐り鬼』と戦ってきたのがシンお兄ちゃんなんですよ。厳しいルールを作り、自分がお手本となってそれに従っていました。でもシンお兄ちゃんは、一番最初に地下に入ることになりました。最年長だったシンお兄ちゃんは、まったく嫌がる素振りも見せず、地下に入ったんです！　シンお兄ちゃんなら、地下に入れなくてもいいだろうって、僕たちは思ってたのに……『腐り鬼と戦うなら、ルールに例外を作ってはいけない』って。そんなシンお兄ちゃんが僕に嘘をついて逃げ出すなんて、考えられますか？」

ケンスケの声が濁る。うつむき、泣き声に近い音で言う。

「……シンお兄ちゃんが逃げ出すはずないです。シンお兄ちゃんが、僕たちを見捨てて、僕たちを置いて、どこかに行ってしまうなんて……ありえないんです」

ケンスケは座り込み、涙をぬぐい始めた。

「教えてください。シンお兄ちゃんは、どうして逃げ出したんですか。何か、理由があったんですか。僕たちには言えない、理由が。まさかシンお兄ちゃんまで『腐り鬼』になってしまったなんてこと……ないですよね？」

日名子は何も言えないまま、黙り込んだ。


「……大家を殺してから三年、俺は『腐り鬼』と戦い続けてきた。ルールを整備し、十八歳以上で地下行きを厳命し、俺自身もそれに従って見せた。それでいいと思っていた。子供たちを救えるなら、それでいいと」

「なら、なぜ逃げ出した？」

智樹は聞く。

「それだけじゃ足りないからだよ」

「足りない？」

「これじゃ、根本的な解決にならないと、気づいたんだ……俺が地下で暮らし続けるのは、構わない。だけどそれじゃあ足りない。子供たちが十八年しか外で暮らせないのは変わらないんだ。自分が地下に入って、色々と考える時間ができて……やっとそれに気づいた」

智樹は眉をひそめる。

「俺は『腐り鬼』を解決したいんだ。この風土病の治療法を見つけて、子供たちを全員解放したいんだよ。石尾村の、呪われた歴史から。もっと早くそうすべきだったんだ。そのために村を出た。俺は、街へ行くつもりだ。そして洗いざらいを話す。もちろん俺は殺人犯として扱われるだろう。分かってる。だがその前に、医者に連れていってほしい。風土病の研究をしている医者のところだ。俺は十八歳で、石尾村で育った人間だ。この体の中には、『腐り鬼』の因子が絶対に入っている。血を抜いてもいい。肉を切ってもいい。解剖だって構わない。俺は犠牲になってもいいんだ。実験台にして、風土病の原因を突き止めてほしい。治療法をみんなにもたらしてほしいんだ。これは俺が子供たちにしてやれる最後のことだ。そして、俺にしかできないことだ。子供たちはみんな、俺のルールを守るだけで精一杯。外に出ようなんて発想からしてない。だから……」

シンの目はギラギラと輝いている。

「だから頼む。俺は街について何も知らない。医者に連れていってくれ……風土病を信じてくれる、治療法を見つけてくれるような医者を。分かるだろ？　お前がきちんと医者を見つけてくれるなら、日名子を助ける協力もする。これが取引だ」

智樹はため息をついた。

「……取引の内容は分かった」

「分かってくれたか。俺がどんな犠牲を払ってでも脱出したかったわけも、分かってくれるだろう？」

　グイとシンは身を乗り出す。

「その前に聞いてもいいか？」

「ん？」

「風土病『腐り鬼』……が、本当に存在すると思ってるのか？」

　シンは硬直する。

　そして智樹を見る。

　シンの表情が、グニャリと歪んだ。


「出たかったのなら、そう言ってくれればよかったのに。理由があるなら、教えてくれればよかったのに。どうして嘘をついてまで、村を……」

　ケンスケは考え込んでいる。

　日名子は思う。

　ケンスケも、シンも、縛られている。自分の作ったルールや、様々な理由によって体中を縛り付けられている。

シンは崇拝されていた。子供たちを救い、献身的に働いたからだ。そしてシンは子供たちの心のよりどころでもあった。

だからこそ、彼は絶対だった。彼の作ったルールを覆すことは誰にもできなかった。

おそらくは、シン自身ですらも。その結果、彼は地下に入った。

シンが特別扱いされていた理由が分かる。一人だけ別の部屋を与えられ、「おしごと」もさせられていなかった。それは彼が、他の大人たちとは違ったから。

彼は地下にいたとしても、十八歳以上だったとしても、子供たちにとっては依然として英雄だった……。

ケンスケはボロボロと大粒の涙をこぼす。

「シンお兄ちゃんはいなくなった。いなくなったんです。僕たちは、見捨てられたんでしょうか……」

神に捨てられた信徒は、こんな顔をするのだろうか。ケンスケの悲壮な声に、日名子は胸がしめつけられるようだった。

この村には頼るべき大人が存在しなかった。守ってくれる大人はいなかった。

その役割を、シンが一手に引き受けていたのだ。

ケンスケは今、世界で一人ぼっちになってしまったような顔をしていた。

日名子は迷っていた。ずっと感じていた疑念を口にすべきか、逡巡していた。ケンスケの悲しそうな顔を見て、決意が固まる。日名子は口を開く。

「ねえ。風土病『腐り鬼』って、本当に存在するの？」

ケンスケは虚をつかれたように目を開き、泣きやんだ。


「……どういうことだ？」

戸惑うシンに、智樹は畳み掛けるように続ける。

「僕は地下で聞いたぞ。大人たちは、『腐り鬼』なんて知らない。もしそんな風土病が実在するなら、君たちより長くこの地で暮らしている彼らが知らないのはおかしい。地下に押し込められていた大人たちだって、僕が見る限りは普通の人間だった。少なくとも、鬼と表現するような行動を取っていた奴らはいない。素直に『おしごと』をしながら、日々を暮らしている人たちじゃないか」


「……どういうことですか？」

ケンスケに日名子は言う。

「マサオさんのことを知ってる？　檻の中にいる大人。彼は『腐り鬼』なんかじゃない。

健康で、そしてまともな心を持ってる。それでも子供たちにちゃんと従ってる。どうしてそうなのかと聞いたら、彼は『罰を受けている』と言ったの。本当に『腐り鬼』になってしまった人が、そんな発想をすると思う？」

ケンスケは頭を抱える。

「そ、それは、鬼としての症状がまだ軽いから……」

「違うよ。大人は鬼になんかなってない。だけど彼らは罪を犯した。自分たちが不在のうちに、大家に好き勝手させ、結果的に子供を傷つけてしまったという罪を。大家の本性に気づかなかったのか、見て見ぬふりをしていたのか、どちらなのかは分からない。でもね、大人は、少なくともマサオさんは、それを悔いてる。悔いてるから、子供たちに地下に押し込められても、それを罰だと受け入れてるんだよ……逆らわずに、子供たちの言うことを聞いてるんだよ！　どうしてそんなことができると思う？　子供たちを、愛しているからでしょう？」

「愛……いや、え……そんなはずが、ない」

ケンスケは震え始めた。

何か恐ろしいものに出くわしたかのように、震えていた。

「ねえ、本当は『腐り鬼』なんて存在しないんじゃない？　大人を解放しても、大丈夫なんじゃない？　苦しい思いをして、子供たちだけで暮らさなくても……大人と戦わなくても……石尾村を余所者から守り続けなくても、大丈夫なんじゃないの？」

「そんなはず、ないでしょう！」

　ケンスケは叫ぶと、日名子にナイフを突きつけた。

「当ててやろうか。これまでに新しい『腐り鬼』は出てないんじゃないか？　疑わしい奴は出るものの、大家クラスの鬼は現れなかった、違うか？」

「……」

「やっぱりそうなんだな」

「……だがそれは、発症する可能性がある大人を、地下に隔離したからだ」

「悪い風に当たると人が鬼になる、からか」

「……ああ」

　シンの声は弱々しかった。智樹は続ける。

「シン、お前だって、疑問に思っているんだろう？」

「……何をだ？」

「『腐り鬼』だよ。お前は頭の回る奴だ。これくらいのこと、気づかないわけがない。そんなもの、ないんじゃないかって」

「……」

「大家だけが例外だったんじゃないか。大家は変態だった。大人たちは助けてくれなかった。子供たちは、お前は、それをどう受け止めていいか分からなかった」

「……黙れ」

「お前は理由が欲しかったんだ。理由なしに、今の状況を理解できなかったんだ。だから『腐り鬼』という伝承に答えを求めた。それを風土病ということにして。それが大人たちを『狂わせている』ということにして……やっと納得できたんだよ。『腐り鬼』は自分の心をなだめるための、道具だったんだ」

「黙れ」

「お前たちは『腐り鬼』を大義名分にも使った。大家を殺し、子供たちの尊厳を取り戻すことができた。いや……違うか。『腐り鬼』だからという理由で大家を殺してしまったから、もう、後戻りができなくなったんだ」

「黙れ……違う！」

シンが顔を引きつらせる。今にも飛びかかってきそうだった。

しかし智樹は冷静に続ける。

「大人をみんな、地下に押し込めた。彼らが助けてくれなかったのは、『腐り鬼』だから。そういうことにするのが、子供たちにとって都合がよかったんだろう？　まるで中世ヨーロッパの魔女裁判みたいだ。悪いことは病気のせいか、悪魔のせいにする。そして自分たちが正義のために戦っているような幻想にひたる。そうしないと、心が保てないから」

「お前に何が分かるんだ！」

シンがいかに怒ろうと、智樹を害することはできないはずだった。彼は、彼の中の理屈によれば、街に出るためには智樹の助けがいるのだから。

「なぜ怒る？　風土病が本当にあると確信できるなら、怒る必要なんてないはずだ。聞き流せばいい。それができないのは、僕の言うことが図星だからだ、そうじゃないのか」

「お前……」

「石尾村にかけられた呪いは、『腐り鬼』なんかじゃない。その妄想、そのものだ。お前たちは『腐り鬼』という答えを手にしてしまったばかりに、大家を殺してからもずっと、その妄想に囚われ続けている。大人を閉じ込め続け、自分たちをルールで縛り続けている。何人かは、不安になってるんじゃないか？　こんなことを続けて意味があるのか、本当はムダなことをしているだけなんじゃないかと……」

「違う……そんなはずは」

「その不安を消すために、ルールは厳しく実行され続けている。大人は相変わらず管理され、現体制への疑問を持つ人物は処分される。そうやって、団結を維持しているんだ。

逆に言えばそれくらいしないと、組織が瓦解《がかい》してしまうんだろう。お前、自分は犠牲になってもいいと言ったな。自己犠牲。自分はルールを守るために地下に入り、その上脱走者扱いされることは承知で、街へ出る。自分の体を実験台にして、治療法を探す……確かに崇高な自己犠牲だよ。でも、そうやって酔ってるだけなんじゃないか？　自分は正しいことをしているって、そういう気分になりたいだけなんだろう？」

「お前、俺を馬鹿にしているのか」

「そうしなければならないほど、不安なんじゃないか？　自分が今まで間違ったことをしてきた、そんな気がしているんじゃないか」

「……違う」

「シン。お前『腐り鬼』の治療法を得るために、どうしても街に出たかったと言ったな」

「嘘だと言うのか」

「本当に『治療法』が欲しいのか？　シン、お前が街に出て手に入れたかったものは……『風土病・腐り鬼が存在するという事実』なんじゃないのか？」

シンは絶句した。

そして頬に手を当てる。爪を立て、自分の顔を傷つけながら……。

悲鳴をあげた。

ケンスケは吠える。

「シンお兄ちゃんが僕たちに嘘をついたって、言うんですか？　存在もしない風土病を、僕たちに信じさせたと？　そんなはずない！　あのシンお兄ちゃんが、そんなことをするなんてありえない」

「嘘はついていないと思う。でも、間違いはするかもしれないでしょう」

「ま、間違い……？　そんなこと、するわけがない！」

「どうして」

「シンお兄ちゃんは、ヒーローだからです！　英雄は、間違いなんてしないんですよ！」

順序が逆だった。シンは、正しくて、子供たちを救ったから英雄になったのではない。子供たちには「正しい英雄」が必要だったのだ。だからシンは英雄になった。そしてシンは正しいことになった。

シンはなかば、担ぎ上げられた英雄なのだ。英雄であることを演じさせられていた。シンが演じる。風土病と戦う勇者を。子供たちもそれに酔う。大人たちは黙って従う。石尾村ではみんながみんな嘘を実と認め、終わらない演劇を続けているのだ。

村を外から見ている日名子には、それが分かる。

しかし子供たちはそれを認められない。いや、認めたら村は崩れる。だから、認めるわけにいかない。

日名子にナイフを突きつけるケンスケ。その手は震えている。どこか懇願しているようにも見えた。

そう、日名子がこれ以上、恐ろしいことを言わないように……。

「へえ、面白い話だねえ」

突然、檻の外から声が聞こえた。

「誰だ？」

ケンスケが振り返る。

「もっと詳しく、お話してよお」

ぬっと、巨体が扉を開いて入ってきた。

ヨウであった。


昼を過ぎて天候は悪化し始めた。

ゴロゴロと遠雷が鳴り、濃い影が空を覆っていく。雨粒がぎっしりと詰まった雲が、山に挟まれた村を見下ろしていた。ひどく暗い。

子供たちはそれぞれに不安な気持ちで空を見上げた。

智樹も、シンも上を見た。奈々枝も、マイも上を見た。日名子は、何か地響きのような音だけを聞いた。

空が輝き、稲妻が走る。

それを合図にしたかのように、大粒の雨が降り始めた。

滝のようなその音を聞いて、颯太は目覚めた。


起き上がろうとした颯太の脇腹に激痛が走った。思わず悲鳴を上げ、倒れ込む。歯を食いしばって耐えながら、腹をよじる。ようやく少しは楽な姿勢を見つけ、その体勢で硬直する。

颯太は鍵をコピーしようとして入った部屋で、マイに撃たれたことを思い出した。腹が爆発したような感覚があり、そのまま倒れた。何か抵抗しようとしても体が動かず、ただただ焼けるような痛みが頭を埋め尽くし、そのまま気を失った。

あの時ほどではないが、しかし依然としてひどい痛みが颯太を襲っている。視界が歪み、脂汗がにじみ出てくる。このままではまずいのではないか。死んでしまうのではないか。傷の様子を調べようと、そろそろと手を腹のほうに持っていく。しかし、ダメだった。皮膚に触れただけで、鈍い痛みが全身を這う。何か液体が指についた。出血だろうか。血が止まっていないのだろうか。

自分は、どうなるのだろう……。

颯太は死の恐怖を感じた。

ここはどこだろう。

どこかの部屋で、硬いベッドに寝かされているようだ。豪雨の音がする。外はひどく暗い。夕立だろうか。カーテンのない窓に、水滴が流れている。

部屋の隅に椅子があった。そこに誰かが座っているのが分かった。

「……奈々枝」

ゼイゼイと喘ぎながら、颯太は必死にその名を口にする。

「颯太君、起きたんだ」

奈々枝だった。その顔を見て、颯太は戸惑った。

奈々枝は目じりを下げ、口角を上げ、優しい表情をしていた。まるで母親のようであった。一方でなぜか、本能的な恐怖を感じさせる。猫科の獣が獲物に噛みつく時の造形に似た笑顔だった。

「奈々枝」

「颯太君。私があれほど言ったのに、逃げ出そうとしたんだね。さすがの私も、呆れちゃったよ」

「……」

「私、何度も警告したよね。そのとおりになったでしょ。颯太君は子供たちを甘く見たんだよ。私のほうが正しかった。早いうちに子供たち側につくべきだった。今なら、颯太君も分かるよね」

「奈々枝……」

颯太の喉が痛む。口元がパリパリと強張る。触ってみると、薄く黒い塊が剥がれ落ちた。凝固した血液だ。唾液が出るにつれ、口の中に鉄の味が広がる。

「颯太君、痛いでしょう。痛いはずだよ。その傷は、颯太君への戒め。当然の報いだよ」

奈々枝は立ち上がる。

「でもね」

一歩一歩、颯太に歩み寄る。

「私、颯太君のこと愛してる」

颯太のすぐ横まで来ると、身を屈ませ、顔を颯太の目の前にまで持ってくる。

「どんなに愚かで、聞き分けがなくて、私の言うこと聞いてくれなくて、わがままで、自分勝手で、私の気持ちなんかちっとも理解してくれなくて、自滅して、傷ついて、お腹に銃弾受けて、死に掛けてる颯太君でも、私、愛してる」

奈々枝は早口で言う。

颯太は痛みと恐怖で声が出せず、ただ震える。

「颯太君の傷はね、この村では治療しようがないの。医者なんていないから。簡単な処置だけは子供たちがやってくれたけれど、でも血は完全に止まってない。このままだとバイ菌が入って、颯太君は死んじゃうかもしれない」

「……」

「実際、子供たちはみんな、颯太君を死んだ人間として扱ってる」

「俺が、死んだ人間……？」

「もう颯太君に、監視は誰もついていないよ。死体だから。ここがどこだか分かる？ アパートの一番端の部屋。倉庫だよ。ほら、掃除用具が置いてある。寝かされているのもベッドじゃないよ。スチールラック。『ごはん』の配分表からも、『おしごと』の分担表からも、颯太君の名前は外されてる。颯太君のこと、みんな物として扱ってる」

「俺は……死ぬのか……？」

気が遠くなりそうになる。颯太は自分で自分の顔面を撫でてみる。ずいぶん冷たいように感じた。

「もう少ししたら、きっとそうだね」

「嫌だ……」

「私だって嫌だよ！」

奈々枝は叫んだ。

「私、悔しいよ！　颯太君のこと、好きなんだから。ずっと一緒にいたいって思ってるんだから。子供たちが颯太君のこと死体扱いするの、凄く嫌だった。でもね、でもね、颯太君のケガ、治し方が分からないの。私じゃ、どうしていいか分からないの。何もできないの……」

　奈々枝は顔を手で覆い、泣き声を出した。

「奈々枝」

　颯太の目も潤んだ。付き合ったばかりの頃を思い出した。手を繋いで照れた奈々枝、バレンタインデーにチョコをくれた奈々枝、新しい髪型の感想をおずおずと聞く奈々枝。そんな奈々枝と過ごした様々な断片が浮かび、懐かしくて、そして心細くて、涙した。

「私ができるのはこれだけ」

　奈々枝は拳銃を取り出し、颯太の顔面に向けた。

「奈々枝」

「颯太君を、楽に死なせてあげることだけ」

　颯太の瞳が拳銃に焦点を合わせて収縮する。

「待ってくれ、奈々枝」

「マイが拳銃を貸してくれたの。颯太君にとどめを刺したいって言ったら、三十分以内に返すって条件付きで渡してくれた。颯太君……愛してたよ」

颯太は気力を振り絞って、奈々枝に言う。

「奈々枝。待て。俺はまだ、もう少しは大丈夫だ。だから病院に連れていってくれ」

「私も、すぐに行くから……待っててね……」

聞こえているのかいないのか、奈々枝は震えながら、泣きながらつぶやいている。涙の粒が繋がり、線となって奈々枝の目から流れ続けている。

「落ち着くんだ奈々枝。俺の言うことをよく聞いて。その拳銃を借りられたのは、チャンスだよ。それを使ってマイたちと戦おう。そして、村を脱出するんだ。隣町まで行けば病院がある。いや、子供たちから逃れさえすれば、救急車を呼べる」

「びょう……いん……？」

奈々枝の表情が、少し緩んだ。颯太は語りかけ続ける。息を吐き、腹が振動するたびに耐えがたい痛みが襲うが、必死で歯を食いしばる。

「拳銃で、傷ついた俺をかばいながら戦うのは、難しいと思う。でも、ここで二人とも死ぬくらいなら、それに賭けようよ」

「……」

奈々枝は何か考え込んでいる。その手の震えが激しくなる。

「子供たちを裏切るんだ。奈々枝。俺たちの目的は同じはずだろう。一緒に生きよう。ここから、脱出しようよ」

「……」

奈々枝の視点が颯太を外れ、宙をさまよい始めた。

「奈々枝！　分かるだろ？　俺だって、君のことが……」

「さ……わむら」

「好きなんだよ……」

「……沢村には、渡さない……」

奈々枝の手の震えは、ますます強くなっていく。

6

猛烈な大雨だった。

あたりは暗くなり、稲光だけが走る。

智樹は顔を拭いながら、立ち上がる。

チャンスだった。雨は智樹の姿を、足音を、消してくれる。日名子たちを助け出す、千載一遇のチャンス。

これを逃したら次はない。

シンのほうを見る。シンは、頭を抱えてうずくまったまま動かない。智樹が告げたことがショックだったのだろう。

風土病「腐り鬼」など存在しないとなれば、シンはずっと石尾村を間違った方向に導いてきたことになる。もちろんその全ての責任が、彼にあるとは言えない。邪悪な大家、子供たちをきちんと守れなかった大人たち、シンを頼りすぎた子供たち……それらの因果のはてに、今のシンがあった。

しかし同情などしていられない。

智樹にとって、まずは日名子たちを助け出すことだけが重要だった。石尾村のもつれた糸をほどき、みなを解放するなど、二の次だ。

「おい」

智樹は呼びかける。返答はない。降り注ぐ雨粒をそのままに、シンの時間は止まっている。

「おい、シン」

やはり返答はない。智樹はため息をつく。せめて村の方向だけでも教えてもらいたかったのだが。まあ、仕方ない。シンが立ち直るのを待っているわけにはいかない。

「僕は行くぞ」

彼がなおも街に出て治療法を探すと言うなら、止めはしない。好きにすればいいと思う。だが、智樹は村に行く。今、助けに行く。日名子たちがいつ子供たちに殺されてしまうか分からない。

シンの自己満足に付き合っている時間などないのだ。

智樹はシンに背を向けた。

「村は逆だ」

シンの声がした。智樹は振り返る。ずぶ濡れのシンがこちらを見ていた。

「この坂を越えると、川が見える。そこを上流に向かえばいい」

「……ありがとう」

嘘を言っている気配はない。智樹は素直に礼を言うと、歩き出す。

「行くのか」

「当たり前だろ」

「……俺も行こう」

「何？」

智樹はシンの目を見る。その瞳は澄んでいた。

「俺の助けがいるだろう？」

「だけどシン、お前は……」

「なあ智樹。俺のことを悪人だと思うか」

質問の意図が分からず、智樹はいぶかしむ。

「俺は……俺は。本当に、子供たちを助けたかったんだ」

「……」

「マイも、ケンスケも。他の子供たちも。彼らを救いたくて、助けたくて、ここまで来た。今だってその気持ちは変わらない」

「……そうか」

「俺は今からでも、できることをやりたいんだ。子供たちを助けるために」

シンは悲しそうに、しかし何かを決意した表情で一語一語言った。

「俺も一緒に行く」

具体的に何をするつもりなのか、言おうとしない。

だがその声には力があった。

初めて智樹は、シンを信用できるような気がした。

「……分かった。道案内、よろしく」

「ああ」

シンは智樹の前に出ると、枝で体を支えながら、斜面を歩きはじめる。

「急ごう」

智樹は頷くと、シンの後について進んだ。


日名子はヨウに「腐り鬼」が実在しない可能性について話した。

ヨウは何度も質問し、日名子は同じことを何度か説明するはめになった。しかしやがてヨウは納得したように立ち上がった。

「やっぱりねえ。そうじゃないかと、思ってたんだあ……」

涎《よだれ》を垂らしながらヨウは笑う。心底嬉しそうに、目をキラキラと輝かせて。

信じてくれたのだろうか。日名子は少しほっとする。

散弾銃を持つと、ヨウはのっそりと構えた。その照準をケンスケに向けて。

「な……？　ヨウ？」

戸惑うケンスケに、ヨウは言い放つ。

「地下の合鍵、全部渡せよ。お前、持ってるだろお？」

「か、鍵？」

「知ってるんだよお。鍵束はマイと、お前が持ってるってさあ。早く出せ」

「それで、何をするつもりなの」

「もう、おしまいにするんだよ。こんな茶番、さあ」

グイと銃が、ケンスケのこめかみに押し付けられる。

「早く渡せって。別に殺して奪ったっていいんだよお？　弾がもったいないから、できれば渡してほしいだけでさあ」

ヨウの指先が、トリガーにかかった。

「ま、待って……」

ケンスケは慌てて鍵束をポケットから掴むと、差し出した。ヨウはそれを乱暴に掴みとる。そして、礼も言わずに檻から出ていこうとする。

「まさか、鍵を開けるつもり……？」

「ああ、そうだよお」

ヨウは鍵束をジャラ、と鳴らしてみせる。

「そんなことをしたら、『腐り鬼』の大人たちが出てくる！　僕たちはまた、ひどい目に遭わされるよ！」

顔を引きつらせて叫ぶケンスケ。

「『腐り鬼』が実在するんなら、そうかもなあ」

「ヨウは、このお姉ちゃんの話を信じるの？　ありえない！　僕たちのことをずっと守ってくれたシンお兄ちゃんよりも、余所者の話を信じるなんて、ありえないよ！」

ヨウはジロリと日名子を見た。そして言う。

「半分くらい、信じたかなあ」

「どういう意味だよ」

「俺さあ、もう面倒くさくなったんだよね。こんな陰気くさい村の中で、ダラダラ暮らしていくのなんてさ。やってられないよお。シン兄ちゃんがリーダーの時はまだ言うことを聞く気になったけどさ、マイ姉ちゃんはもうムリ。あいつ、ちっとも面白くないもん……」

「ヨウ、まさか」

「『腐り鬼』なんてない、が半分。ある、が半分。それで十分。どっちでもいいんだよ……それで十分。俺、もうやめた。ここにいるの、やめた。だからマイ姉ちゃんの村、壊してやるんだあ」

ヨウはにっこりと笑った。

日名子は戦慄する。

村の子供たちのためでも、日名子たちのためでもない。あくまで自分のために、ヨウは行動していた。


ケンスケと日名子を置いて、ヨウは走り去っていった。

大人たちの檻を全て開錠しながら。

ヨウは何も言わなかった。ただ、檻の鍵を外し、扉を開く。それを部屋の数だけ行うと、地上へと出ていった。

ケンスケと日名子は、どうしていいか分からず、凍りついていた。

おそらく大人たちもそうなのだろう。檻から逃げ出すような者はおらず、地下は静かだった。しかしかすかなざわめきが、少しずつ大きくなっていった。


シンの先導で、智樹は進んでいく。茂みを伝い、舗装されていない道を歩き、木々に身を隠しながら。あたりに家屋はないが、時々打ち捨てられた農具や、畑の跡などが見つかる。

靴は泥だらけになり、隙間から水が入って靴下はビショビショだ。濡れた繊維と皮膚がこすれて足が痛む。

大きな廃屋の陰でシンが智樹を振り向いた。

「もうすぐ、村に入る」

言われて見ると、確かに石尾村が見えた。智樹たちの位置は、最初に村に入ってきた時とは逆側にあたる。アパートまでは三百メートルほどだろうか。子供たちが数名、見張りに立っているのが遠目に分かる。

「この先はもう、警戒されてる。最後の相談をしよう」

「ああ」

シンと智樹はしゃがみこむ。

「アパートまで接近することはできる。だが、アパートの中、子供たちの目をかいくぐりながら、お前の友達を探すのはムリだ」

「……囮を使うとか」

「そうだな。ただ囮が一人くらいじゃ足りない。せいぜい数人を引きつけられる程度だろう。子供たち全員を混乱させるような、仕掛けを打たないとならない」

「仕掛け、か……」

「放火は、どうだ」

シンの言葉に、智樹は耳を疑う。

「お前、何を考えてるんだ？　子供たちを殺すつもりか？」

シンは笑った。

「子供たちにひどい目に遭わされたお前が、子供たちの心配をしてくれるのか？」

「そういうわけじゃない。僕が助けたいのは日名子たちだけだ。だけど、子供たちに怪我をさせる必要はないじゃないか。放火なんて。危険すぎる」

「智樹、お前は優しいな……」

「なに？」

「俺たちも、そうだったんだ」

「……」

「俺たちもそうだったはずなんだ。必要以上に人に害を加えるなんて、したくなかった。だけどあの……大家を殺した、あの時から……何もかも壊れてしまった」

「シン……」

大雨の中でもはっきり分かった。

シンは泣いていた。

「一人殺したら、後は何人殺しても同じなんだよ。いや、違うな。一人殺したことを正当化するために、何人も殺さなきゃならなくなる。殺し続けなくてはならない。どんな理由をつけてでも。俺はもう、引き返せない……」

「何を言ってる」

「智樹、他に方法はない」

「……」

「嘘じゃない。アパートに混乱を起こす方法を、俺は他に思いつかない。これをやるかやらないか、それだけだ。やると言うなら力は貸す」

シンの顔は大まじめだった。

「……いいんだな」

智樹は確認する。シンが頷く。実際、智樹にも代案はなかった。放火などすれば、子供たちもただではすまない。怪我をする子が出るかもしれない。焼け死ぬ子がいるかもしれない。それでも、それでも……友達を救いたい。

ここで智樹が決断しなければ、友達は死ぬかもしれないのだ。それよりは、まだ……。

智樹は歯を食いしばり、自分の中のためらいを押し潰した。

智樹は頷き、改めてシンを見る。

「しかし、どうやって火をつける？　この雨だぞ」

依然として大粒の雨は智樹の顔に、まるでバッタの群れのようにぶつかってくる。空は暗雲に包まれていて、次から次へと雨弾が放たれるのが見えた。

「夏の夕立だ。やがて止む。それに、何も木材や新聞紙に火をつけようっていうんじゃない」

「何？」

雷が走り、シンの顔面を青く照らした。

「ガソリンを使う。アパートの脇の車庫に、大家が使っていた車がある。そこにガソリン缶もいくつか置かれていたのを覚えている」

「三年前のガソリンだろ？　劣化してるんじゃないか」

「車のタンク内はそうかもしれないな。真緑になっちまってるかもしれない。だが、ガソリン缶のほうは分からない。大家はまめな男でね、劣化防止剤を入れていた。まだ、ギリギリ使えると思う。こいつをアパートの室内にぶちまけ、着火する。屋内から火をつけるわけだ……これなら簡単には消えない」

頭の回る男だ。智樹は先を促す。

「……どうやって着火するつもりだ？　ライターなんてないぞ」

「火は、アパートの奥でつける」

シンは話しながら、石で地面に簡単なアパートの見取り図を描き始めた。

「見てくれ。この一番端に、倉庫になっている部屋があるんだ。普段、掃除用具なんかが置いてある場所だ。ここにマッチもある。車庫からもすぐだ。ガソリン缶を持ち込み、ここで着火」

「なるほど」

「お前の彼女はたぶん地下の檻にいる。俺が閉じ込められていた部屋か、お前たちがいた部屋か、どちらかだろう。助け出すには鍵が必要だ。鍵は二つ。マイの部屋、それから鍵係の部屋だ」

シンは二つの部屋を図に描き込む。マイの部屋は倉庫の上、鍵係の部屋は地下への階段のすぐ脇だった。

「倉庫で火をつけたなら、鍵係の部屋のほうが近いが……鍵が持ち出されている可能性はある。マイの部屋の鍵はあまり持ち出されないから、そこに鍵がある可能性は高い。ただ、マイの部屋はおそらくすぐに火が回るから、危険はある。どちらにするかは、状況次第だな」

「……了解」

「アパートで火事が起きたことなんかない。子供たちにとっては初めての経験だ。間違いなく混乱が起きる。みんな、我先に逃げ出すだろう。余所者を見咎める余裕なんてないはずだ……その隙に、逃げ出せる」

もし放火に成功すれば、確かにアパートは騒然となるだろう。確かに勝算は高そうだ。智樹は頷く。

「……シン」

「何だ？」

「どうして急に、僕に協力してくれるんだ？」

シンは少しうつむいてから、答えた。

「さっき言っただろ。できることをやりたいんだ。今からでも」

智樹はシンを見つめる。完全に腑に落ちる回答ではなかった。しかし、今はシンの力はありがたい。何であれ、利用する必要がある。智樹はそれ以上考えるのをやめた。

「……よし。行こう」

はるか先にあのアパートがあった。

雨が降り続く中で、白いアパートはやけに禍々しく感じられた。


「……もう、おしまいだ」

ケンスケは絶望したように繰り返している。その口調からは刺々しいものが消え去っていた。

「僕たちはおしまいだ」

あまりに悲痛な声。日名子の体は、考えるより先に動いていた。

「大丈夫。大丈夫……」

抱きしめられたケンスケは一瞬戸惑い、抵抗する。しかし日名子がケンスケの頭を撫でてやると、今度は力を抜いて日名子に体を預けた。

「かあちゃん……」

確かにそう言うのが聞こえた。日名子は腕を伸ばし、より強くケンスケの体を包み込んだ。両腕の中のケンスケは温かくて、そして華奢だった。栄養状態があまりよくないのだろう。腕は細く、色は白く、切ないほどに軽い。

「違う」

ケンスケはグイと腕を伸ばし、日名子から離れた。その目には敵意があったが、しかし涙もこぼれていた。

「かあちゃんじゃないっ」

「ケンスケ君」

「もう、村はおしまいだ。あなたも、どこにでも行けばいいでしょう。もう、何もかもおしまいですから」

「どうしておしまいなの」

「決まってるじゃないですか。大人が外に出てしまう。『腐り鬼』がまた、僕たちをいじめる村になるんです。シンお兄ちゃんなしに、戦えるわけがない」

「『腐り鬼』なんて病気は、ないんじゃない？　それだったら……」

「それだったら、より、おしまいですよ！」

「どうして」

「僕たちは病気でもない大人を、閉じ込めていたことになるじゃないですか。どんな仕返しを受けるか分からない。殺される……僕たちは殺されるんだ！　『腐り鬼』があろうと、なかろうと、僕たちはおしまいなんです！」

「違うよ」

「僕たちは戦い続けるしかないんです。今の仕組みを、ずっと続けていくしかないんです。そうしない限り、僕たちは殺されます。僕たちは弱いから、ずっと弱いから……」

「大丈夫だよ。村を出ない？　村の外には、力になってくれる人だっているよ。『腐り鬼』が本当にあるんだったら、お医者さんが助けてくれる。『腐り鬼』がないとしても、守ってくれる人はいるはず」

「そんなわけがないです！」

　ケンスケは目を真っ赤にして叫ぶ。

「ケンスケ君」

「あなたは何も分かってない。僕たちは、地上に出ることすらできませんよ！　この檻から地上に出るには、廊下を進まなくちゃならない。廊下には、大人たちの檻がいっぱいある。僕たちは廊下を歩く途中で、大人たちに襲われて死んでしまうに決まってます！」

大人への恐怖。それが、ケンスケの奥底に根付いていた。

日名子はやるせない思いだった。もっと何とかならなかったのか。この村は、色々な歯車が噛み合わず、ここまで来てしまった。どこかで元に戻ることができなかったのか。

もう少し、もう少しだけ子供と大人が歩み寄れたらいいのに。

いや。

今からでも……遅くない。日名子はそう思い、そして口にする。

「大丈夫。お姉ちゃんが、ケンスケ君を守る」

「え……？」

「お姉ちゃんのあとについてきて。お姉ちゃんが、大人たちと話すから」

「そんな……危険すぎますよ……」

「大丈夫。お姉ちゃんに任せておいて」

ケンスケは不安そうに、部屋の隅に座っている。日名子は立ち上がると、扉を開けて廊下に出た。大人たちの檻に向かって歩く。

日名子は言った。

「マサオさん、いますか」

「ここを上るんだ。そう」

シンが言い、ブロックの隙間に手をかけて塀をするすると這い上がっていく。智樹もそれを真似する。雨は降り続いていたが、休むことなく体を動かしているため、さほど体は冷えない。

「よし。もう少しだ。今度はこの家の裏庭を通る」

さすがにシンは村を知り尽くしている。かなり距離があると思われたアパートまでの道のりだったが、かなり近づいた。道なき道を行き、大胆なショートカットを繰り返しているおかげだ。

「怖いくらいに見張りに見つからないな」

智樹が言うと、シンが答える。

「見張りの配置や、人数なんかを決めたのは俺だからね。さあ、ここを乗り越える。滑りやすいから気をつけろ」

智樹はシンに続いて、物置を乗り越えようとする。屋根に生えた苔が濡れていて、手が滑った。掌を服で拭いてから、しっかりと掴み直して体を持ち上げる。手も、体も、泥まみれだった。

「シンが決めた時から、見張りの仕組みが変わっていないのか？」

「そういうことになるな」

「よほど信頼されているんだな」

「……それは違う。俺のルールを、変えるのが怖いんだと思う」

「怖い？」

「子供たちは俺のことを神格化してる。俺が絶対の存在だと思ってる。だから俺が作った制度や仕組みを、頑なに守ろうとするんだ……俺が、彼らをいまだに縛り続けているんだ」

「うっ」

体を半分持ち上げたあたりで、智樹の左手が滑った。体のバランスが崩れる。シンがとっさに身を乗り出し、智樹の腕を掴んだ。

「気をつけろ」

シンがグイと腕を引き、さらに肩を引っ張ってくれる。無事に物置に上ることができた。

「……ありがとう」

「さあ行くぞ」

智樹は擦り剥けた左の掌を見る。

味方になったシンは優しかった。そして頼もしかった。

彼が子供たちの尊敬と崇拝を一身に集めていたことも納得できる。それ故に彼は追い詰められていったのかもしれない。シンは、間違いを犯してはならなかった。シンは、常に子供たちの味方でなければならなかった。

子供たちのために。

シンの子供時代は、智樹のそれとは全てが異なる。智樹が父親とキャッチボールしている時、シンは大家に犯されるマイを眺めていた。智樹がファストフード店で雑談している時、シンは散弾銃で大家の脳を打ち砕いていた。智樹が授業中に居眠りをしている時、シンは子供たちを率いて村を統治していた。

もし、シンが智樹と同じクラスにいて、同じように暮らしていたら。

いい友達になれたかもしれない。

シンを量りきれない。彼の抱えている闇を知ることも、それを払うこともできない。

もっと時間が欲しいと智樹は思った。時間をかけて話し合えば、シンとも、子供たちとも、もっといい結末が待っているような気がした。

智樹たちはこれからアパートに乗り込む。子供たちと戦う。

シンと会話をする時間はなかった。

「ぼうっとするなよ。もう、すぐそこだ」

シンに言われて見上げると、アパートの壁が生垣を挟んですぐ目の前にあった。地下への扉も見える。あの中に日名子がいるのだ。心臓がドクンと脈打つ。

「裏に回って車庫に行く。車庫前には見張りが一人いる……死角を通るが、音を立てないように気をつけろよ」

シンが忍び足で進んでいく。智樹もあとに続いた。


大人たちは、檻の中で静かにしていた。

外に出ようとするものはいない。

何度目かの日名子の呼びかけで、マサオがノソリと姿を見せた。

「脱出は、失敗したのか」

マサオがボソリと言う。

「……はい」

「そうか」

「……逃げないんですか？」

「逃げる？」

「ヨウが鍵を開けましたよね。檻から逃げられるじゃないですか」

「……逃げないよ」

日名子は後ろを振り返る。

遠く離れた陰から、ケンスケがこちらの様子を窺っているのが見える。

「どうして？」

「逃げたら、子供たちが怖がるだろう……」

「他の大人たちも、同じ意見なんですか」

「おそらくはな。これ以上、子供たちをおびえさせたくはない」

「どうして鍵が開けられたか、知っていますか」

「知らない。子供たちのミスか？　ただ、何でも構わない。俺たちは地下にいる。それが責任の取り方だ」

檻が開けられたことに、疑問も抱いていないようだ。

「責任、ですか……大家さんに好き勝手、させていた責任ですか」

マサオはグッと顔を歪める。

「そうだ……知っていたのか？」

「ケンスケ君に聞きました」

「俺たちは取り返しのつかないことをした」

「……」

「大家は俺たちの前では紳士だったんだ。俺は、まったく気付かなかった。弁解のしようもない。俺にできるのは、罪を償い続けることだけだ」

「子供たちに従うことが、償いなんですか？」

「……他にできることがあるか？」

「『腐り鬼』と呼ばれて、生かすも殺すも好きにされて……」

「構わない。俺は、殺されてもいい。それが子供たちのためなら。もとより、謝って許してもらおうなどとは思ってない」

日名子は少し考え込み、そしてマサオに告げた。

「それは、子供たちを怖がっているだけじゃありませんか」

「……なに？」

マサオが困惑した。

「もう、やめませんか。お互いに怖がるの、やめませんか」

涙が溢れてきた。日名子はそれを拭う。

「お互いに怖がるから、こうなったんじゃないですか」

感情が溢れてきて、止まらなかった。

「マサオさんは、子供の気持ちを考えたことがありますか？　突然子供たちが大家を殺して、びっくりして、それから子供たちから目を背けてしまったんじゃないですか？　どう子供と接したらいいか分からなくて、どう謝っていいかが分からなくて、そうしているだけじゃないんですか」

泣きながら続ける。

「俺は……」

「三年間も、子供たちを放っておいたんですよね。子供たちに支配されるのを受け入れて、償いだとか、贖罪《しょくざい》だとか理由をつけて、そのままになっていた。その間、子供たちがどうしていたか分かります？」

ケンスケが少し、部屋から身を乗り出している。

日名子とマサオの会話を聞こうとしている。

「子供たちはずっと怖がってたんですよ。大人に反旗を翻《ひるがえ》したことで、一番怖かったのは子供たちだったんです。まだ小学生にもなっていない子たちが銃や刃物で武装し、厳しいルールを自分たちに課したんです。食料を確保し、家事をして、お金の管理もした。必死で生き抜いてきたんです」

日名子は悲しかった。どうしてこんなことになってしまったのか、悔しくて悲しくて、声を上げ続けた。

「誰にも頼れず、誰にも甘えられなかった。その日に食べるものにだって苦労しながら、暮らしてきた。子供ですから、甘えたくなる時だってあったはずです。でも、弱音は口にできなかった。健気だと思いませんか？」

ケンスケが少し、うつむいた。

「そんな中で子供たちは精神的な支柱を、旧リーダーのシンに求めていました。でも、シンは逃げ出してしまった。それで、どれだけ子供たちの中に不安が広がっていると思います？　みんな、怖がっているんですよ。どうしたらいいのか、これからどうなるのか。このままずっと、生きていけるのか……」

廊下に入ってきた子供たちも、お互いに顔を見合わせながら、黙り込んでいる。

「今の仕組みのままじゃうまくいかないこと、子供たちだって気づいています。大人たちを閉じ込め、殺し続けて、その先に何があるのか。大人たちが怖いから支配して、すればするほど仕返しが怖くなる。子供たちは怯えているんですよ」

べそをかく声が聞こえた。ケンスケだった。

「大人たちは、支配され続けていることで、子供たちを怖がらせているんですよ？　それに、ちゃんと気づいてましたか？」

「俺は……」

「だいたいマサオさんは、黙って支配されて、どうするつもりだったんですか？　いつか子供たちが許してくれて、解放されるのを待ってるんですか？」

「違う」

「それとも、いっそ殺されるのを待ってるんですか？　死んで、罪の意識から逃れて、楽になりたいだけじゃないんですか……そんなのは愛情じゃありませんよ」

「……俺は」

マサオから、力が抜けた。ゆっくりと膝を折り、うなだれる。目は虚空を見たままだ。

「本当なら、大人たちが助けてあげるべきじゃないですか。子供たちを、守ってあげるべきじゃないですか。どうしてそんなところにいるんですか」

日名子も立っていられなくなった。次から次へと涙が溢れて、止まらない。視界が歪んで、フラフラと膝を床につく。

「子供たちを助けてあげてください！」

最後に日名子は泣き叫んだ。ありったけの祈りを込めて。


智樹とシンは無事、車庫に辿りついた。

シンが窓を覗き見る。

「誰もいない。よし、入るぞ」

シンは腕に服を巻きつけると、窓に何度かひじ打ちをして割り、穴を作る。そこから指を差し込んで鍵を回し、窓を開いた。

「雨がやみそうだ」

智樹は空を見てつぶやく。すでに雨粒はとても小さく、時折パラパラと音がするばかりになっている。雲には切れ目ができ、そこから陽光が差し込んでいた。雨に濡れた屋根瓦がキラキラと輝いている。

「もう少し降っていてくれると、作業しやすいんだがな。急ぐぞ」

シンと智樹は車庫の中に入る。中は埃とクモの巣だらけだ。長いこと誰も立ち入っていないのだろう。黒いクラシックカーが一台置かれている。その脇には整備用の道具らしきものが棚に並んでいた。

「これがガソリン缶だ」

奥に赤い色の缶が並んでいる。灯油缶の半分ほどの大きさのそれは鈍く光っていた。シンが缶を持つと、チャプンと音がした。栓を握り、回す。かなり固く締まっているらしい。シンが何度か力を入れて、ようやく開いた。ガソリン特有の臭いが室内に広がる。

「使えそうだ」

シンは缶を覗き込んでそう言うと、栓を締めた。そして缶を二つ両手に掴み、さらに抱えるように一つ持つと、立ち上がった。ステンレスの缶どうしがぶつかり硬質の音がする。

「残りはお前が持ってこい」

「分かった」

智樹も缶を二つ掴み、歩き出すシンのあとを追う。シンはあたりを慎重に見回しながら車庫を出ると、すぐ先のアパートへと向かっていく。

雨はすっかり止んでしまった。鳥の声がする。ポツポツと屋根から水滴が落ちてきている。

ふと智樹は空を見る。

大きな虹がかかっていた。


言いたいことを言ってしまうと、次第に日名子は落ち着いてきた。涙がゆっくりと止まり、爆発していた感情が静まっていく。ずいぶん自分勝手に喚き散らしてしまった。ふと自身が恥ずかしくなり、日名子はあたりを見る。

マサオが泣いていた。無表情のまま、涙の粒を落としていた。その後ろで何人かの大人たちが呆然と立ち尽くしているのが見える。

ケンスケも泣いている。彼は部屋から身を乗り出し、日名子とマサオを見つめながら下唇を噛んでいた。

静かだった。廊下にいる子供たちも、檻の中の大人たちも、何も言わない。自分を責めるような顔でうつむいている。

重苦しい雰囲気が立ち込めていた。次の瞬間、何が起こるのか誰にも分からなかった。それ故に、誰もが動けなかった。大人たちに無視されて、日名子一人が立ち尽くす。そんな未来が待っているような気がして、日名子は目を閉じた。

凍りついた世界の中で音がした。

日名子が目を開くと、マサオが体の向きを変えていた。遠くにケンスケを見ると口を開いた。

「……ケンスケ。ケンジの奴、死んじまった」

「知ってるよ。とうちゃんは逃げ出そうとしたから仕方ないよ。それが何なんだよ」

「お前の父ちゃんな、ケンスケのことをずっと心配してた」

「そんなの……今更遅いよ」

「自分に何かあったら、ケンスケを頼むって……よく俺に……」

そこでマサオの表情が歪む。涙をこらえながら、続ける。

「だから、俺が守る……」

「マサオおじちゃん？」

「ケンスケ。俺が助ける」

「何言ってんだよ」

「困ったことがあれば、俺が助ける」

「何言ってんだよ……『腐り鬼』のくせに……」

「お前たちを愛してるんだ」

マサオは言った。

ケンスケの瞳孔が開いた。

その言葉を聞いて、ケンスケの体が震えた。


「銃を、マイに返さなきゃならないの」

奈々枝の耳に、そんな声が聞こえた。

「返す前に撃たなくちゃならなかった」

そんな声も聞こえた。

奈々枝は声の出所を探して、あたりをキョロキョロと見回す。

「え？」

真っ暗だった。奈々枝は闇の中に浮かんでいる。

「返さないとならないから、撃ったの？」

暗闇に二つ、丸い穴が空いていて、そこから光が差し込んでいる。ここはどこだろうか。

「そんな理由なの？」

声と連動して、二つの穴の下に新たな穴が空く。こちらの穴は大きい。そうか、これは口だ。二つの穴は目。

「撃った理由は、それだけじゃないよ。でも、引き金を引いた理由はそれ」

奈々枝は理解する。ああ、ここは体の内側だ。人間という殻の奥に、今奈々枝は落ち込んでいるのだ。外に出なくては。奈々枝は暗闇に手を伸ばす。凹凸《おうとつ》があった。そこに手をかけ足をかけ、奈々枝は登っていく。

「直接的な原因なんて、いつも些細なことなんだよ」

ゆっくりと穴が近づいてくる。穴の向こう側は屋内のようだ。棚や壁が見える。

「それでいいの？」

口が開いて、閉じてを繰り返す。

「だって、そうなっちゃったんだから、仕方ないじゃない」

登るにつれて穴が近づいてくる。初めははるか遠くに見えた光が、目の前にやってくる。

「仕方ないですませていいの？」

目と口の穴の間に小さな二つの穴が見えた。これは鼻の穴。

「すませるしかないじゃない」

ああ……。奈々枝は理解する。

これは自分の顔だ。自分の中に落ち込んでいたのだ。奈々枝の声を奈々枝は聞いている。まるで他人が話しているのを聞くように聞いている。目の穴が奈々枝の目に、口の穴が奈々枝の口に、重なっていく。

「だって、こうなっちゃったんだもの」

暗闇が消えた。奈々枝は奈々枝の殻と合致した。

「こうなっちゃったんだもの！」

勝手に口が動く。奈々枝は他人事のように、その声を聞いている。

目の前には颯太が倒れている。

その体はすでに冷たい。

前を走るシンが、一室の扉の前で立ち止まった。智樹も合わせて足を止める。持った缶の中でガソリンが波打つ音がした。

「どうした」

「何か聞こえる」

シンが眉をひそめる。すぐに智樹もそれを聞いた。

聞いたこともないような声である。悲鳴のようにも、爆笑のようにも、怒号のようにも聞こえる。野太く怒鳴り散らされたかと思えば、急に歌うように軽快になる。智樹は足元から震えが立ち上るのを感じた。

その声は、この世のものではないように思えた。

「この扉の奥が倉庫なんだが、誰かいるみたいだな」

シンが言って笑う。

「どうするつもりだよ」

智樹の問いに、シンが一瞬思考した。その時唐突に扉が開いた。

「あっはははははは」

嬉しそうに、それはそれは嬉しそうに、女性が飛び出してきた。

「嘘をつくな！　嘘をつくな！　こいつ！」

そう高い声で口にすると、目にも止まらぬ速さで両手をブンブン振り回している。思わぬ事態に、智樹の体は凍りついた。

「お前沢村だろ！」

女性がこちらを見て吠える。飢えた獣のような目。振り乱した髪。それが誰なのか、智樹はしばらく分からなかった。見覚えのある服。同じくらいの年ごろ。その白い肌に、黒い髪……。

「……奈々枝？」

自分で名前を口にしながら、それが奈々枝だと信じられない。いや、信じたくない。

「お前沢村だろ！」

奈々枝は呼びかけに答えず、ただそう繰り返して智樹ににじり寄る。顔を大きく歪ませ、威嚇するように歯を剥き出す。

「奈々枝？　どうしたんだ？　一体」

「お前、沢村だ！」

奈々枝は酔っぱらってダンスでもするような動きで数歩近づくと、両手を智樹の方に向けた。その時、奈々枝の持っているものが見えた。

拳銃。

銃口が丸く見えた。まっすぐに智樹の顔面に向けられている。

あっと思う間もなく乾いた音がして、視界が赤く染まった。


「何が、こうなっちゃっただよ！」

奈々枝は絶叫した。

「お前が殺したんだろ？　お前が、颯太を殺したんだろう？」

目を閉じれば、奈々枝はすぐに思い出せる。

颯太の死体。

奈々枝の拳銃によって頭部を撃ちぬかれた、最愛の人の亡骸。奈々枝は颯太に死んでほしくなんてなかった……はずだ。しかし、颯太は死んだ。ということは何か？　そう、奈々枝が撃ち殺したのだ。奈々枝の体に沢村が入り込んで、殺したに決まっているのだ。

「沢村！」

沢村の亡霊は、ずっと奈々枝にまとわりついている。奈々枝にははっきりと分かる。背後だとか、物陰だとかに隠れているが、バレバレだ。

奈々枝が振り返ると、さっと何かが動くのが分かる。背後にいた沢村が隠れるのだ。他にも、本を読んでいる時などに、視界の端っこから沢村が覗いて来たりする。本に集中していると思って油断するのだ。奈々枝には見えている。本を見ているふりをしながら、沢村に気づいている。沢村がニヤニヤ笑っていることも知っている。他にも暗闇に溶け込んでいたり、鏡の端っこに映っていたり、乱雑な室内に無造作に転がっていたりする沢村に気づいている。

だから怖くない。気づいているから、耐えられる。

沢村は、奈々枝が怖がらないのが不満だったのだろう。

別の方法で奈々枝を追い詰め始めたのだ。

「変だと思ったんだ！」

沢村は奈々枝の中に入っている。奈々枝を体の奥に押し込めて、その思考を乗っ取った。そして颯太を撃ち殺したのだ。何て卑怯な方法だろう。颯太を自分の手で殺させて、奈々枝を苦しめようという魂胆だ。そうに決まっている。そうでもなければ、奈々枝が颯太を殺すはずがない。

「ずるい！　ずるい！」

奈々枝が沢村を殺したのは事実だ。しかし、それでここまでの仕打ちを受ける道理はないはずだ。そもそも沢村が奈々枝と同じ立場になれなかったのは、十八歳以上だったから。奈々枝と颯太は、十八歳未満だった。偶然で奈々枝たちは助かったのだ。これはつまり、奈々枝たちのほうが生きるべき運命にあったということ。

沢村が奈々枝を逆恨みするのは、とてもわがままなことである。

「出ていけ。ここから、出ていけ！　成仏しろ！　死ね！」

奈々枝は沢村を罵倒する。奴が、今もすぐ近くでニヤニヤ笑っているのが分かる。舐められてはいけない。颯太が死んで心は張り裂けそうだが、それを沢村に悟られてはならない。つけ入る隙を与えれば、沢村が調子に乗るだけだ。

沢村は人間の中に入り込む。

眼球とまぶたの、わずかな隙間から。鼻の穴から。口から。耳から。爪の端から。毛穴から、肛門から、尿道から、生殖器から。すでに死んだ沢村にとって、人間など入口だらけの存在だ。どこからでも入り込んで、支配してしまう。

さきほど、奈々枝の目の前に二人の男がいた。

奈々枝にはすぐ、それが沢村だと分かった。このタイミングで、奈々枝をあざ笑うように出てくる人間など、そうとしか考えられない。だが奈々枝は念のため確認した。沢村ではないかと問うた。

相手は曖昧な回答で誤魔化した。間違いなく沢村だった。

躊躇すればこちらがやられる。奈々枝は迷わずにそいつを撃った。

反動が両手に走り、骨が震える。筋肉が痛い。これでいい。体に痛みがあり、精神が張り詰めているうちは、奈々枝の中に沢村が入り込む余裕はないはずだ。

男の一人が崩れ落ちる。ガランガランと大きな音。男が持っていた赤い缶が床に落ちたのだ。

何だあれは。奈々枝は混乱する。あんな缶は見たことがない。用途は。目的は。嫌な予感がする。嫌な予感がする。沢村が入っているのではないか。

「出て行け出て行け出て行け――――っ」

奈々枝は缶に狙いをつけると、続けざまに発砲した。

智樹は倒れ、床に尻をついた。

智樹の上にはシンがいる。胸から大量の血を流している。

苦しそうに呼吸している。息をするたびに血が溢れた。

「僕を、かばったのか」

「違う。突き飛ばそうとしたが、間に合わなかっただけだ」

「やっぱりかばったんじゃないか……どうして」

シンは両手で胸を押さえていた。歯を食いしばりながら、手を離して見る。どす黒い血がべったりとついている。かなりの重傷であることは間違いない。智樹は顔面から血が引くのを感じた。

どうしたらいいんだ。なぜ奈々枝が銃を持っている。なぜシンが撃たれる。

どうしたら、どうしたら。

何もかもが分からない。

「起こしてくれ」

シンが咳込みながら言う。

「だけど、その傷じゃ」

「この血の色は、動脈出血じゃない。動ける……早く！」

声はかすれていたが、しかしはっきりとした声量だった。智樹はシンを抱え、肩を貸して持ち上げる。

奈々枝が何事か聞き分けられない高さで叫び、乾いた音がもう一度響いた。続いて、金属が破裂するような音。ガソリンの臭気が流れてくる。見ると、シャボン玉のような構造色を放つ液体が、みるみる床に広がっていく。ガソリン缶が撃ちぬかれたらしい。

「まずい」

火がつくぞ。奈々枝は何を考えているんだ？

「落ち着くんだ。液体のガソリンはそう簡単に着火しない。早く起こしてくれ」

「そうなのか？」

「ただ、気化したら勢いよく燃え上がる。もう一発撃たれたらまずい。ガソリンが服についていたら、脱げ」

智樹は体を確認する。靴の裏に多少ついているが、服にはついていない。シンも同じようだ。しかし、シンの服は出血で赤く染まっていて、そちらのほうが心配だった。

智樹はシンの体を起こす。シンは震える足で自ら立った。

「一人で立てる」

シンは智樹の腕を押しのけた。

「俺の背中に傷はあるか？」

「な、ない……たぶん」

「貫通してないか。なら……平気だ」

シンは笑った。明らかに強がりだった。その顔色は白く、息は荒い。

「いいか、よく聞くんだ」

「シン、でも」

「鍵係の部屋は、あの女の向こうだ。行くのは難しい。二階の端、一番大きな部屋を目指せ。そこがマイの、リーダーの部屋だ。そこに鍵がある。右手の階段を上がればすぐ。鍵は机の上にあるだろう」

シンが早口で言う。

「何？」

「行け。彼女を助けるんだろう」

「だけど」

血だらけのお前を置いていけるか。そう言おうとして智樹は悩む。シンなど見捨ててもいい存在だ。しかし、シンは命の恩人だ。

二つの考えが交錯して、混乱する。

「行け！　子供たちが集まってくるぞ。さっさとしろ！」

シンが叫んだ。

智樹ははじかれたように駆け出した。

考えるより先に、足が動いた。


ケラケラケラケラ笑い声が聞こえた。奈々枝は、沢村が笑っているのだと思った。しかし振動しているのは自分の喉だ。笑っているのは奈々枝だった。つまり二人とも笑っている。

まだ沢村が奈々枝を乗っ取っているのだろうか。それとも、奈々枝は壊れてしまったのだろうか。奈々枝は自問自答する。

ケラケラケラ笑い声は続く。

「……つ……った」

声が聞こえる。前に立っている男が、何か言っている。

「何発撃った？　おい」

血が流れている。撃たれても動くなんて、凄い。何で動けるんだろう？　中に沢村がいるからだろうか。奈々枝は一所懸命考える。

「何があったの？」

別の声もする。アパートのあちこちで扉が開き、沢村が一斉に顔を出す。沢村の間に子供たちの姿も見える。子供たちはわらわらと奈々枝たちに近づいてくる。

奈々枝はさらに必死に考える。

どうしたらいいんだろうどうしたらいいんだろう。この状況じゃ、奈々枝が危険人物だと思われるに決まっている。みんなに沢村の存在を伝えなきゃいけない。沢村が入っているから、撃ったんだと分かってもらわないとならない。

そんなことできる？

奈々枝は途中から、思考を声に出し始める。

「いや、だいたい、子供たちの中にも沢村が入っていたらどうするの？　どうしようもないじゃない。誰か奈々枝の味方はいないのかしら。だいたい奈々枝自身だって、奈々枝の味方なの？　奈々枝は本当に、奈々枝のことを信じているの？」

はははははは。奈々枝は笑う。

「沢村の亡霊なんて、本当にいると思ってるの？　気のせいなんじゃない？　奈々枝は怖がっているだけなんじゃない？　颯太君だって私の意思で殺したんじゃん、それを亡霊のせいにしてるだけなのかもよ？　それって、何、心が弱いってことなのかな。奈々枝って凄い腰抜けじゃん。笑える」

奈々枝はまだ、酒に酔ったことはなかった。しかし、精神状態はそれに似ていた。様々な考えが自分の意思とは無関係に湧き上がり、熟慮する前に口から出ていく。支離滅裂。足元に現実感はなく、フワフワと浮かんでいるようだった。

「だけどさ、信じられないよ。颯太君が死んじゃうなんて、信じたくないよ。これが夢だったらいいのに。いや、これ夢なんじゃないかな？　だって亡霊だとか、子供だけの村とか、そうだよ、全部夢だよ、ありえないもの。夢だから何をしてもいいんだよ。そうじゃなかったら、私困るよね」

吐き気がした。視界が明るくなったり、暗くなったり、滲んだりした。何もかもが間違っていた。気分が悪かった。この最悪の気分を終わらせたかった。

リセットしたかった。一度すべてをリセットすればいいことがあるような気がした。世界の全てが滅んでしまえばいいと思った。こんな世界大嫌いだった。

死にたいと思った。こんな世界に生きている自分が大嫌いだった。

あちこちに沢村の顔が見える。みんなこちらを見ている。

瞬間、沢村の顔が変形した。全部、奈々枝の顔になった。笑っている。

奈々枝は悲鳴をあげながら奈々枝に向かって発砲した。


智樹は走った。

何人もの子供とすれ違う。子供は疾風のように走る智樹に虚を突かれてか、何もしてこなかった。アパートの二階へ。階段を一段飛ばしで駆け上がる。

その先が、シンの言っていたマイの部屋だ。

一瞬、振り返る。

奈々枝の周囲に徐々に子供たちが集まりだしていた。奈々枝は高い声で何事かわめいている。銃声がした。子供の一人が腹を押さえて倒れた。

さらにもう一発銃声がした。悲鳴が上がる。

智樹は思考を止めた。考えていたら頭がどうにかなりそうだった。ただ日名子を助ける。それだけを意識することにした。

マイの部屋は扉からして大きかった。他の部屋の二倍ほどのスペースがありそうだ。扉を開ける前に智樹はしばし考える。

マイはいるだろうか。集まっている子供たちの中にマイの姿はない。もっと重要なのはヨウの所在だ。散弾銃を持つヨウが室内にいれば、智樹の命運はそこで尽きる。逆にヨウさえいなければ、何とかなるかもしれない。

智樹は大きく息を吸い、吐いた。

覚悟を決め、扉のノブを掴み、引いた。

ピチャ。

部屋に入るなり、智樹の足に血液が付着した。

驚いて見ると、一人の子供が血を流して倒れている。すでにこと切れているようだった。

その向こうにヨウがいた。散弾銃を構え、ニヤニヤと笑っている。智樹の体は固まった。最悪だと思った。しかし、ヨウは智樹をチラリと見ただけで、自分の構えを変えない。

ヨウが狙いをつけているのはマイだった。

見れば倒れている子供は腕を飛ばされ、胸に穴が空いている。散弾銃で撃たれたらしい。子供たちの仲間割れ……？　智樹には状況が掴めない。

「早くしてってばあ」

ヨウが言う。

「……電車賃だけでいいでしょ」

マイが言い返した。声は震え、いかにも弱々しい。マイは武器を持っていない。

「足りないよお。全部出して。早くしてよ。邪魔するなら撃つよお？」

ヨウは子供っぽい口調で、しかし高圧的に迫っていた。

「俺が躊躇するとでも思ってる？　しないよお。知ってるよね。俺、撃ち慣れてるからさ。ちゃんと撃てるよ。マイ姉ちゃんを撃たないのは、お金を出してほしいからだよ。それだけだよお」

ヨウはマイと対峙しつつ、智樹を警戒するように時折見る。しかし、ヨウは自分の要求をマイに伝え続ける。その理由が智樹にはよく分かった。

最強だからだ。

この中で、散弾銃を持っているヨウに敵うものは存在しない。智樹もマイも武器を持っていない。何か企もうとも、ヨウがちょっと指に力を入れれば蜂の巣だ。一発で無力化される。支配者はヨウだった。だからヨウのペースで話が進む。

マイとヨウはしばらく睨み合ったが、ヨウに折れる様子はなかった。

「早くう」

ヨウに促され、マイは悔しそうに、引き出しの中から何枚かの高額紙幣を取り出す。そしてその半分を、机の上に置いた。ヨウはマイから視線を外さぬまま、その紙幣を掴みとる。

智樹はただそれを見ていた。

あれが村の蓄えの全てなのだろうか。紙幣は五枚少々しかない。二十人はいるだろう子供たちを養っていくには、その金額はずいぶん少ないように思えた。子供たちは困窮しているのだ。

「外に出ていってどうするつもりなの？　一人で生きていけると本当に思ってるの？」

マイが言う。ヨウはこともなげに答えた。

「生きていけるさあ。俺は強いもの」

「銃だけじゃ生きていけないよ。ここを出て、生きていけるわけがない……」

「マイ姉ちゃんは間違ってるよ。シン兄ちゃんは出ていったじゃないか。シン兄ちゃんは生きていけるんだ。なら、俺だってできるよ」

「外には怖い大人がたくさんいるんだよ？」

「銃があれば大丈夫だよう。まだ弾だってたくさんあるんだ。俺は一番当てるのがうまい。ずっと練習してきたんだ。怖い大人なんて、撃ち斃《たお》してやるんだ」

「『腐り鬼』に出会ったらどうするの？」

「同じだよ、ちっとも怖くないよう。鬼だって、銃に勝てないじゃん。それに、そんなの存在しないって言ってる人もいるよぉ」

「……ヨウ、どうして？　どうして、私たちを捨てて出ていこうとするの？」

「捨ててなんていないよ。でも、俺は外に行きたいんだ。マイ姉ちゃんが外に行きたくないって言うなら、ここで別れるしかないよね」

「せめて銃は置いていって。村にはそれが必要なの」

「ムリだよ。自分の身を守るためにはこれがいるもん。それにマイ姉ちゃんは撃ち方知らないじゃん。俺が持っていくよ」

「お願い。村を壊さないで……」

　マイはべそをかいていた。

「マイ姉ちゃんはさ、村のことを心配しているわけじゃないよね。マイ姉ちゃんが守りたいのはさ、別のものじゃないのお？」

ヨウは無邪気な声で言い放つ。

「何を言ってるの……」

「マイ姉ちゃんはリーダーとして頑張ってたけど、別に俺たちのことを考えてたわけじゃないと思うよお。マイ姉ちゃんはさ、あれでしょ？　シン兄ちゃんの作った村をずっと守っていたかったんでしょお？」

「そんなことない」

マイは顔を覆う。

「俺、分かってたよお？　だってマイ姉ちゃん、絶対にシン兄ちゃんの作ったルール変えようとしないもんね。シン兄ちゃんのやったことが全てで、もっといい方法があっても絶対に採用しないもんねえ」

「それは……」

「でもね、ムリだよお。シン兄ちゃんの村を、シン兄ちゃんがいなくなっても維持しようだなんて、理屈に合ってないよ。俺はね、シン兄ちゃんもマイ姉ちゃんも好きだよ。でもね、マイ姉ちゃんと一緒に、ここでシン兄ちゃんを崇めていくのは嫌なんだ」

「私……」

「マイ姉ちゃんの見てる村って、シン兄ちゃんのいた村でしょ。それはもう、とっくに壊れてるんだよお。分かる？　分からない？」

「私……」

「もう、村はおしまいにしよ。強いものは生きる。弱いものは死ぬ。そういうものじゃん。俺、そういうふうにしたい。『腐り鬼』とか、大人とか、どうでもいいじゃん。そんなの関係ない。俺、好きに生きるよお」

マイはうつむいたまま、何も言えなくなってしまった。

「ばいばい、マイ姉ちゃん」

ヨウはマイに背を向けると、銃を引っ提げて玄関のほうへと歩き出した。一瞬、智樹と目が合う。

「どいてえ」

ヨウは薄笑いで智樹に銃を向ける。道を空けると、ヨウは智樹から視線を外さず、ゆっくりと外に出ていった。

奈々枝は叫んでいた。自分を組み伏せようとする男に抵抗し、暴れ、わめき続けた。

「銃を……貸せ」

男は負傷している。胸から血を流している。蒼白な顔で震えながら、それでも奈々枝の持つ拳銃を奪おうと絡んでくる。

奈々枝には分かっていた。銃を渡したら終わりだ。男は奈々枝を撃ち殺したいのだ。だから銃を奪おうとする。そうに決まっている。なぜ奈々枝を撃ち殺したいのか？　奈々枝がどうしようもない人間だからだ。奈々枝が大嫌いだからだ。なぜ奈々枝を大嫌いなのか？　奈々枝が奈々枝を大嫌いだからだ。

奈々枝が颯太を殺したからだ。死んじゃえばいいのに、奈々枝。あれ？　だったら男に銃を渡して、奈々枝を撃ち殺してもらったほうがいいんじゃない？

どうして奈々枝は抵抗しているんだろう？　分からない。

格闘を続ける奈々枝と男を、奈々枝はどこか遠くから茫然と眺めている。

「貸せって言ってるんだ」

鼻をつく刺激臭がする。男の血の香りがする。奈々枝は咳込む。何もかもが私をいじめる。苦しめる。どうして？

「私を殺したからだよ」

沢村が床から顔を出して笑った。首はねじれ、顔面は曲がっている。が、目だけが確かに奈々枝を見ている。

「私を殺したからだよ」

そこにいたか。

「私を殺したからだよ」

奈々枝は腕を振り、沢村の脳天目がけて発砲する。

沢村が「ぴょっ」と声を上げた。

命中した。

銃弾は沢村の額を砕き、中にめり込んだ。

その時、おかしなことが起きた。奈々枝は思わず目を丸くする。それまでにも何度も、沢村の亡霊を殺そうとしてきた。しかしいつも、仕留めたと思った瞬間に搔き消えたり、ふっと分裂して背後に回られたりしていた。

しかし今回は違った。

頭蓋を撃ちぬかれた沢村は、口をポカンと開けたまま宙を見ている。弾痕を中心にして皮膚に線が走る。色が白から緑を経て灰色に変化し、眼球から水分が失われていく。全身の力が抜け、濡れたティッシュペーパーのように小さく潰れ、ぶくぶくと泡を立てる。

そして、そこからキラキラと火炎が上がった。

「やった」

奈々枝は言う。

「やった……」

沢村を斃したのだ。

炎はあっという間に立ち上り、奈々枝の周りを覆い尽くした。猛烈な熱気が顔に迫る。髪の先が、眉が、服が、焼け焦げていく。

「やったよ、颯太君」

体の力が抜ける。握力が消え、拳銃を取り落とした。そのまま膝をつく。

足が痛い。腕が痛い。顔が痛い。猛烈な炎が、奈々枝の体を焼いていく。服は燃え落ち、髪は炭化して逆立ち、やがて掻き消える。タンパク質が不完全燃焼する臭気。自分が燃える香りだ。自分を嗅ぎながら奈々枝は目を閉じる。血液が沸騰し、血管がドクドクと大きな音を立てる。視界は真っ赤だった。まぶたが焼け落ちたのか、それとも炎の発する光が強すぎるのか。

火から逃げる気力はなかった。

痛みすら、どこか心地よかった。

全身が少しずつなくなっていくのが、とても嬉しかったから。


「火事だ！」

智樹は大声で誰かが叫ぶのを聞いた。玄関を振り返る。空気が蜃気楼のように揺らいでいるのが見える。しばらく見ているうちに、もうもうと黒煙が上がり始めた。異臭も漂っている。

「逃げろ！　早く！　みんな逃げろっ」

シンの声も聞こえてくる。

ガソリンに火がついたのだ。もう一刻の猶予もない。

視線を机に移す。憔悴《しょうすい》した表情でマイがへたり込んでいる。智樹はマイに近づいて叫んだ。

「鍵はどこだ！」

マイの胸倉を掴んでもう一度言う。

「地下への鍵は！」

マイは反抗的な目を智樹に向け、口をつぐむ。智樹は歯を食いしばるが、机に置かれたキーケースに気が付いた。これだ。マイを離してキーケースを引っ掴む。ポケットに入れて、扉の外を見た。

黒煙が窓を覆い尽くしていた。パラパラと火の粉が飛んでいる。こんなに火の回りが早いのか。一階には降りられるだろうか？　地下に火は入っていないだろうか？　日名子は？　颯太は？

マイは力なく座り込んでいる。智樹は腹を立てる。

「何やってんだよ！」

近寄って無理やり引き起こす。

「焼け死ぬぞ！」

早く日名子を助けに行きたいのに。こんな奴に構っている暇なんてないのに。どうして邪魔をするんだ。

智樹はマイを背負い上げた。マイは驚いたような顔をしたが、無抵抗だった。思ったよりもその体はずっと軽い。これくらいなら外までは走れる。智樹は一つ息を吐き、大きく吸う。そして部屋を飛び出した。

見殺しにするわけにいかないじゃないか。

日名子の目の前でケンスケは泣いた。

そんなケンスケをマサオは優しく抱きしめていた。

檻の中の大人たちも、廊下にいる子供たちも、泣いていた。大人と子供を分かつ壁が、少しずつ溶けていく。

その時、一人の男の子が地下に飛び込んできた。

「ケンスケ！　ここにいるの？」

日名子たちは一斉にそちらを見る。注目された子供は、向けられる視線の数に戸惑った。

「く、『腐り鬼』……？」

マサオは子供の顔を見た。煤がついている。その背後では、ごうごうと空気の流れる音がした。やけに外が明るい。赤く、眩しく、光り輝いている。ただごとではない。

「何があった」

マサオが問う。子供は困惑しながらも答えた。

「アパートが燃えてる……」

「何？」

マサオが立ち上がる。ケンスケも子供の近くに走り寄った。

「アキラ、火事なの？」

「ああ、火が強すぎて、消し止められない。ケンスケも早く来て！」

「分かった」

「大人たちはどうして檻を出てるの？」

「あとで説明するよ」

アキラとケンスケは会話しながら、地下を出ていこうとする。

「消そうとしたら危険だぞ？　早く避難するんだ」

二人にマサオが言うと、子供が反論した。

「ダメだよ！」

「どうして」

「だって、まだ中にいるんだ！」

アキラは泣き叫んだ。

「シンお兄ちゃんと、マイお姉ちゃんが、火の中に閉じ込められてるんだよっ！」

どよめきが広がる。

ケンスケがマサオの顔を見上げる。マサオは頷いた。

「ケンスケ……」

「な、何だよ」

「俺たちが手伝う」

「……」

「俺たちが助ける。信じてくれないか」

アキラとケンスケはお互いの顔を見つめ合う。アキラは不安がっていた。しかしケンスケは……一つ頷くと、マサオのほうを見た。

決意したようにマサオに言った。

「助けて。マサオおじちゃん」

「ああ」

頷くと、マサオは檻の中に向かって叫ぶ。次々に大人たちが出てきた。若い男たちが緊張した面持ちで、老人や女性は不安そうに。マサオは男たちを中心に大人を集めると、呼びかけた。

「絶対に助けるぞ……今度こそ」

大人たちの声が聞こえた。服はボロボロ、髭は伸び放題。体は汚れている。それでもみな、目は勇気を宿して光っていた。彼らは人に戻っていた。

「行くぞ！」

マサオが地下から走り出す。男たちが続く。中年の男が老婆を担ぎ、若い女がケンスケとアキラを守るように抱え、進んでいく。

「一人も死なせるなっ！」

大人の気持ちが一つになっていた。

日名子も一緒になって走る。気になるのは智樹たちのことだった。

階段を上がった先が明るい。ギラギラしたオレンジの光が差し込んでいる。それはひどく禍々《まがまが》しく見えた。

地下を出る。

アパートが、ゴウゴウと音を立てて燃えていた。

マイを抱えて部屋を出た智樹は、すぐに猛烈な煙に包まれた。

煙を吸ってはいけない。そう防災訓練で習ったように思う。智樹は息を止めたまま、記憶を頼りに階段を探す。すぐ先だったはずだ。階段を下りて一階に出ればいい。適当な所でマイを下ろす。そうしたら地下に行く。

日名子を。日名子を助けなきゃ。

視界はゼロだ。あたりはうねり、動き回る暗黒に満たされている。

熱気が智樹の皮膚を撫でまわす。チリチリと毛が焼けていく。

目にも煙が入り、十秒と開けていられない。両目が痛み、涙が出る。

肩に何かが触れた。それが智樹を押し返し、前に進めない。

見ると、手があった。煤だらけ、血だらけの手が智樹の肩を掴み、後ろへと押している。誰かいるのだろうか。智樹は訝しむ。

「ダメだ」

声がした。

「こっちはダメだ！　マイの部屋に戻れ」

男の声だ。

「グズグズすんな！　階段は火の海だ！　使えない！」

猛烈な力であった。智樹は突き飛ばされ、必死でバランスを取りながらマイの部屋へと戻る。床は温かいが、室内は燃えていない。ここはまだ安全だ。見ると、煙の中から全身真っ黒の男が現れた。同じく、真っ黒の人間を背負っている。

真っ黒男は室内に辿りつくと、全身であえぐように息をする。背負われているほうは気絶しているのか、動かない。

「シンか？」

智樹が聞くと、男が顔を上げた。その輪郭は確かにシンだ。業火の中をくぐってきたのだろう、髪の端が焼けている。

「シン、ケガしてるんじゃ」

「言ったろ。軽傷だって」

男が黒い手で黒い顔を拭うと、少しだけ色が落ち、その肌の色が見える。

「ただ……体が寒くて、気が遠くなりそうだ」

声は震えていた。強がってはいるが、限界が近いのは明らかだった。

「早く逃げ出さないと。そして病院に」

「分かってんだよ、そんなの。後、早く病院に連れて行ったほうがいいのはこいつだ」

シンは背負った人間を指で示した。智樹はそれを見る。

「……奈々枝？」

体中が真っ黒で、髪はかなり焼けて短髪に近くなっている。

「奈々枝っ！」

変わり果てた友人の姿に、智樹は思わずマイを取り落とす。マイはフラフラと座り込んだ。

「落ち着け、生きてる。俺と同じで煤がついただけだ。気絶してるのは、煙を吸ったからだろう。足を火傷してるが、上半身はほとんど無事だ。豪雨があったろ？　あのおかげで、俺もこいつも服が湿ってた。そのおかげでこの程度で済んだんだ」

智樹は奈々枝に駆け寄り、その顔をこする。眠っているように目を閉じた、奈々枝の顔が現れた。少し不規則だがちゃんと息をしている。智樹はほっとする。

「シンが……助けてくれたのか？」

「お前の友達なんだろう」

「だけど、シンは……」

シンの目に智樹が映っていた。

シンの中に智樹は自分と同じものを見た。

「……ありがとう」

智樹は奈々枝を抱きしめた。

「礼を言う暇があれば、さっさとここから避難しろ。階段側はもうムリだ。窓から、裏庭のほうへ出るしかない」

「二階から飛び降りるのか？」

「たった二階だ。大したことないさ。布団でも落としておいて、そこに飛び降りるんだ。できるだろ」

シンが胸を押さえて立ち上がる。

薄笑いを浮かべている。

「シンはどうするつもりなんだ」

「俺は、疲れた。少しだけ休みたい……それに、マイと話がある」

シンは智樹の脇を見つめている。そこにはマイがへたりこんでいる。シンのことを見つめている。その視線は矢のように鋭い。しかし目は潤んでいた。二人の間に、何か他人にはうかがい知れぬ感情の奔流があることが分かった。

「智樹、先に行ってくれ」

「だけど」

シンは智樹を見つめた。

「行け。鍵は、取ったんだろ」

妙な目つきだった。炎がいつ迫ってくるか分からないのに、床から猛烈な熱気が立ち上っているというのに、焦りは微塵も見られない。何かやりきったような、満足感すら浮かんでいた。マイも同じだった。ここから逃げ出すことよりも、シンと二人きりの時間が欲しい、そんな顔をしていた。

智樹はまだやりきっていない。

日名子も、颯太もまだ助け出していない。

ここにいるわけにはいかないのだ。

「……分かった」

智樹は答えた。そしてしばらくシンを見つめて、その顔を網膜に焼き付けようとした。シンと相対するのはこれが最後かもしれない。

そんな直感があった。


燃えるアパートを前に、日名子は混乱していた。

そもそも、日名子は何も知らなかった。なぜ火事が起きているのか、智樹とシンはどこに行ったのか、颯太と奈々枝はどうしているのか、何もかも分からなかった。分かるのは一つだけ。村の歴史が、子供と大人の関係が、少しずつ変わろうとしていること。

マサオを先頭に、男たちは水をかぶり、決死の覚悟で火の中に飛び込んでいく。逃げ遅れた子供たちを担いで助け出すと、アパートから距離を取って避難している女たちのところへ届ける。女たちはパニックになる子供を優しく抱きしめ、怪我の手当をしてやる。

子供たちは混乱していた。大人の存在に怯えていた。

しかしそれでも、大人たちが必死に自分たちを助けようとしていることが分かると、大人たちに甘えるように泣き出した。それまで張り詰めていた心の糸が、切れたようだった。

老人たちはホースを用意し、水道に繋げてアパートにかけ始めた。バケツで水を汲み、水道とアパートを往復しているお爺さんもいる。しかし火勢は強く、大きな効果は見られなかった。

アパートのすぐそばの車庫から、古い車を押し出しているおじさんがいる。物置を斧で叩き壊し、木材を川のほうへ投げ捨てているおばさんがいる。延焼を防ごうとしているのだ。

大人たちは一致団結して火と戦っていた。子供たちは、三年ぶりに大人に頼り、ほとんどが大人に抱きついて泣いている。

あの、武器を手に日名子たちを脅した子供たち。その面影はすでになかった。みな、大人に甘える一人の無力な子供にすぎない。

あっけなく村の体制は崩壊した。

危機を前に、大人たちは何の躊躇もなく子供を助け、子供たちはそれを抵抗なく受け入れた。

子供たちの支配など、最初からなかったかのように。

日名子はそれを見ながら、考えていた。

これが本当の子供と大人のあり方なのだろう。今までが異常だったのだ。異常な状態から、正常に戻るのは早い。村は、元に戻っていく。

しかしそれだけで割り切れない思いもあった。

村の支配体制は、子供たちを守るための政権だった。シンが戦い、マイが耐え、他の子供たちも必死で生きてきた。私利私欲に走った子供はいない。みんなまじめで、愚直で、誠実だった。それを異常の一言で片づけてしまうことに抵抗があった。

アパートが焼け落ちて灰となっていくように、シンたちの行いを風化させてしまっていいのだろうか。それとも、多くの人が幸せになるために、いっそすべては忘れられたほうがいいのだろうか。

日名子はアパートを見つめていた。

炎はまるで生き物のように揺らめき、壁を撫でる。触れられた壁は変色し、表面が剥がれ落ち、朽ちていく。何もかもが燃えている。箒も、物干竿も、鞄も、子供服も、運動靴も、ぬいぐるみも、洗濯バサミも、村の生活を思わせる何もかもが、消えていく。

強い上昇気流の中を、煙と火の粉が巻き上げられていく。高く高く、夏の空の彼方に、消えていく。

　日名子はそれを茫然と、見つめ続けていた。


　シンとマイは、二人並んで座っていた。

「温かいね」

　マイが言った。

「寒かったから、ちょうどいい」

　シンも答える。火勢は増し、いよいよこの部屋にも火の粉が舞い込むようになってきた。

「シン。怪我してるの」

「大したことない」

「シンっていつもそうだね。強がってばかり」

「そんなことない……俺が戻ってきて、驚かないんだな」

「別に。私、きっとシンは戻ってきてくれるって思ってたもの」

「どうして？」

「シンが、優しいの知ってるから」

「……違うさ」

「違わないよ。逃げ出した理由だって、きっと私たちのために何かしようと思ったんでしょ？」

「……違う」

「嘘、ついてるの分かるよ」

「うるさい」

「シンはいつだって私たちのことを考えてる。私たちのことばかり考えてる、もっと自分のために生きたっていいのに」

「そんなことないさ」

「シン」

「ん？」

「火つけたの、シンでしょ？　あれ、ガソリン？」

「企んだのは俺。火は、俺がつける前に、銃で無理やり着火されたがな」

「もともと、どこで着火するつもりだったの？」

「倉庫」

「やっぱり……アパートを消すつもりだったのね」

「ああ、俺は悪人だからな。閉じ込められた、仕返しってとこさ」

「嘘。倉庫は、アパートの端だもの。そこで着火すれば、最初に燃えるのは居住区。だけどこの時間帯は『おしごと』があるから、居住区に人はいない。みんな、逃げる時間が十分にある。シン、計算してたんでしょ。誰も死なないように、アパートだけを燃やそうと、考えてたんでしょう……どうしてそんなことしたの？」

「マイ。謝らなきゃならないことがあるんだ」

「え？」

「『腐り鬼』なんだけど……」

「うん」

「あんな風土病、本当にあったのかな」

「……」

「ある人に言われて気が付いたんだ。俺はただ、理由が欲しかったんだ。大人と戦う理由が。怖かったんだよ。情けないよな。『腐り鬼』だって考えなければ、俺はあの大家を撃てなかったんだ……」

「うん」

「殺してからは、もっとあとに引けなくなった。だからもう、『腐り鬼』は俺の中で全ての前提になってた。子供たち、マイも含めたみんなに、『腐り鬼』の存在を押し付けてしまった。それを前提にしたルールに組み込んで、みんなを縛り付けちまった。取り返しのつかないことを、してしまったんだ……」

「……シン」

「俺はね。子供たち、マイも含めたみんなに、幸せになってほしいんだ。こんなところで縛られている必要なんてない。外に出ていったらいいと思う。俺に依存せず、何もかも吹っ切って……大家も、村も、俺も、全部忘れて……ややこしいこと考えるのはもうやめて、逃げて、そして……楽しく暮らしてほしい」

「だからなのね」

「ん？」

「だからアパートを、燃やそうとしたのね。証拠を灰にして、作り上げてきた仕組みも破壊するために……」

「……」

「閉じ込められた、仕返しだなんて。バカな嘘ついて。そうやって自分が悪者になって」

「俺は悪者だよ」

「違うよ……『腐り鬼』が存在しようと、しまいと、私はどっちでもよかったんだよ」

「何？」

ガラガラと音がして、隣の部屋の床が一部、落ちた。階下から炎と熱気が上がる。熱せられた木材が赤く光っている。マイとシンはそれを眺める。

「シンは私のために、大家を殺してくれたんだよ？　その罪を……どうしてシンだけが背負わなくちゃいけないの？」

「マイ……」

「私だって背負うよ。他の子供たちだって、みんな背負いたいって思ってた。みんな、共犯になりたかったんだよ。だからみんな、シンに従ったんだよ」

「……」

「子供たちはみんな大家を殺したいって思ってた。でも、実行できなかった。勇気が出なくて我慢してた。卑怯にも……今日は他の子供を襲ってくれって祈りながら。シンだけが戦った。そういう意味では、大人たちと同じ。みんな解決しようとしなかったの。シンだけが戦った。村の人はシンを除いてみんな卑怯者だったんだよ。シンだけがまっとうな人だった」

「俺は……」

「今だって、シンだけが子供たちの未来を考えてる。自分のことは後回しで……私たちはみんな、シンにこそ幸せになってほしいのに。シンのことが好きなのに」

「俺に幸せになる権利なんてない」

「私だってない」

「マイにはあるだろう」

「ないよ。私、恨んでたもの。大家を。大家が死んで、嬉しかった。ざまあみろと思った。大人のことも恨んでた。みんな嫌いだった。苦しめてやろうと思った……復讐しようと思ってた……私、汚い女なんだ。シンが大人を地下に押し込めるって言わなければ、きっと私が言ってた。『腐り鬼』なんてあろうがなかろうが、大人に復讐したいって考えてた」

「それは……」

「みんなだってそうだよ。子供たちはみんな、大人に復讐したかった」

「……」

「シンが一番、優しかったんだよ。大人を憎むことができなくて、『腐り鬼』という病気を憎むことにしたのはシンだけ。なのにシンはずっと、自分を責めてる。病気があるとなれば、病気を解決できない自分を責めてる。病気がなかったとなれば、これまで間違っていた自分を責めてる。違うよ……シンのせいなんかじゃないんだよ」

部屋の入口からギラギラと光る炎が顔を出している。下駄箱に火がついた。煙が湧き、天井を覆い尽くしている。

「私、シンと一緒にいられれば、それで幸せだったの。村なんか関係ない……」

「……マイ」

「何」

「もういいから、逃げろ」

「どうして！　シンも逃げるんだよ」

「俺は……どっちにしろ、悪人だ」

「悪人なんかじゃないって言ってるじゃない！」

「俺はな、異常者なんだよ。大家を撃ち殺し、大人を地下にぶちこみ、子供を強制労働させて、余所者を捕らえて餌食にし、アパートに放火した。全部俺のせいだったんだよ。この村の惨劇は、全て俺という狂人によるものだったんだ。それが一連の顛末さ。俺はここで灰になる。そうして、村は綺麗になるんだ」

　マイは思い切りシンの頬を叩いた。

「痛いっての」

「そうやって……自分を犠牲にして、全部を解決するつもりなの？　それで、みんなが満足するとでも思ってるの？　私の話、聞いてた？」

「俺には、他の方法が思いつかないんだよ」

「バカ！」

「そうさ。バカさ」

「立って。逃げるよ」

「もう足が動かないんだ。指先がしびれてきた。休ませてくれよ」

「……嫌だ」

「わがまま言うな」

「シンと一緒にいる」

「……俺を困らせんなよ」

「シンのほうが、ずっと私を困らせてるじゃない！　嫌だ！　いると言ったらいる！　シンと一緒に……！」

マイは叫んだ。涙がポロポロと落ちた。

「シンが、好きだったの……ずっと」

周囲の気温は高く、涙はすぐに熱せられる。その、湯のような涙にシンが指先で触れた。

そして少し微笑んだ。


日名子の周りで、絶叫が交差する。

「シンはいたか！」

「いない！　一階には見当たらない！」

夕方が近づき、空が少しずつ橙《だいだい》に染まっていく。その中で、アパート周辺だけが明るい。浮かぶ入道雲も、吹き上がる黒煙も、鮮やかな赤い炎に照らされている。

煤で汚れた顔のマサオが、他の男と相談している。

「一階の子供たちは、全員助けたはずだ」

「二階は？」

「洗濯していた子たちは全員避難したそうだ」

「となると……見つかっていないのは」

「シンと……ヨウと……」

「ヨウは火が燃え上がった直後に、隣町のほうに走っていくのを子供が見たらしい」

日名子は今一度、あたりを見る。さっきから探しているのだが、颯太や奈々枝の姿はない。二人は子供たちと一緒にいるはずなのに。

「あの！　私の友達も、見つかりません」

日名子はマサオにすがりついて言った。

「名前は？」

「奈々枝と、颯太です。同級生なんです」

「いるとしたら二階だな」

マサオがすぐ横の男に言う。男が答える。

「奈々枝って、火をつけた子じゃないですか？　子供がそう言っていました」

「そうなのか？　とにかく探すんだ」

「しかし二階にはちょっと近寄れません。階段側は火の勢いが強すぎます」

「窓側から梯子をかけられないか？」

「倉庫の梯子はもう燃えてしまってますよ」

マサオが歯ぎしりをする。

その時、近くの子供が言った。

「マイ姉ちゃんがいない！」

マサオが息を呑む。

「マイ……」

マサオは駆け出し、アパートに突っ込もうとする。しかし猛火がそれを許さない。火は空気のように軽く、水のように動いて見えるのに、石壁よりも断固としてマサオの接近を阻んだ。手を触れれば指が焼き切れ、足を踏み入れれば膝から先がなくなるだろう。圧倒的な障壁だった。

「マイッ！」

なおもマサオは入れる場所がないかを探す。炎の薄いところを見つけては接近する。周囲の男が何人か、マサオに組みついて止めた。

「マサオさん、ムリです！　もう！」

「マイ！……また救えないのか！」

マサオは吠えた。

「俺は、結局、救えないのか……」

日名子は何も言えずにマサオを見る。

「誰か、誰かマイを救ってやってくれ！」

マサオの絶叫が響き渡る。

その前で、階段がバラバラと焼け落ちた。


マイとシンのいる部屋にも火が回ってきた。床を火が這い、煙が室内を埋め尽くす。

すでにシンの意識はない。

「最初から逃げ出せばよかったんだ」

マイは独り言を口にする。

「大家をシンが殺した時に。シンと一緒に、ここから逃げ出せばよかったんだ」

煙と炎はマイにも容赦なく襲い掛かる。

「私にとって大事なのは、村じゃなくて……シンだったんだから」

マイはシンを引きずる。

「シンだけいてくれれば、それで……」

シンは重い。息も満足に吸えず、気が遠くなりそうになる。それでも引きずって進む。

炎の薄いほうへ、酸素のあるほうへ、そして……逃げ出せるほうへ。

「シンと、二人で生きたい……」

マイは力を振り絞り続けた。


マサオがマイの名を叫ぶ中、日名子は拳を握りしめていた。

マイには助かってほしいと思った。マサオが、マイを救えないことを悲しんでいることも理解できた。しかし、モヤモヤするものは消えなかった。

颯太や、奈々枝のことを誰も心配してくれない。

四人は、結局この村に関しては部外者なのだ。

昔からここに住んでいた人たち、複雑な関係を続けてきた子供と大人、その絆の前に、日名子は疎外感を覚えていた。

結局、日名子は善人にはなりきれない。子供たちを救って大人を解放する英傑にはなれない。友達に、そして智樹に、生きていてほしい。

火の中から助け出され、再会を喜んでいる子供たちを見て、日名子は嫉妬すら覚えてしまう。まだ智樹たちが見つかっていないのに、喜ばないでほしいと思ってしまう。そんな自分が醜いと思っても、感情が湧き上がってくるのを止められない。

子供たちが全滅して、友達はみな生き残ったとしたらどうだろう。それでも何か後ろめたいものを感じるだろう。結局日名子は、あれもこれも助けたい、わがままなのだ。その力もないくせに。日名子は自分自身がひどく汚い人間のように思えてきた。

颯太。奈々枝。智樹……。

日名子はみんなの顔を思い浮かべながら、アパートを見つめていた。

二階の一角で窓が割れた。

ガラス片がキラキラと夕陽を浴びて輝きながら、雪のように落ちていく。

思いがけない顔がその奥に見えた。

智樹だった。

間違いなく、智樹だった。

日名子はそれまで考えていた何もかもを忘れ、駆け出した。

智樹に向かって、駆け出した。


智樹は二階から、地面を見下ろしていた。

マイの部屋の真下は火勢が強すぎ、とても飛び降りることはできなかった。だから智樹は部屋を移動し、マイの部屋から最も離れた、この部屋の窓を割った。窓の下には茂みがある。そこに火は及んでいない。茂み目がけて飛べば、助かるだろう。

フラフラだった。汗が流れ、息は乱れていた。目も喉も痛み、全身の筋肉は悲鳴をあげている。背負った奈々枝の重みが、肩と腰に食い込むようだ。

智樹は自問していた。

自分は何をしているのだろう。奈々枝は助けられそうだ。だが、颯太は見つからなかった。シンも、マイも、置いてきた。成り行きに任せて、運命に翻弄されて、そして疲れ果てている。何がしたいのか、もう分からなくなってきた。

下で、誰かが駆け寄ってくるのが見えた。

日名子だった。

智樹は息を呑む。

無事に生きていたのだ。それだけじゃない。智樹が行くまでもなく、自力で脱出していた。日名子を助けるためにシンに協力し、鍵を取り、奔走していた自分は何だったのか。

そんな思いが一瞬だけ走った。

だがすぐに、別の思いが湧きだし、智樹の感情を全て包んでいく。

日名子。日名子。日名子。日名子。

「日名子！」

生きていた。よかった。

それまでの混乱した思考が、擦り切れた体が、嘘みたいだった。どうでもいい。ややこしいことはもう関係ない。日名子が生きている。それだけで智樹の体には力が湧いてきた。

窓の桟に足をかけて立ち上がる。そして智樹は奈々枝と一緒に飛び降りた。

「智樹！」

日名子の声が近づいてくるのが分かった。


夜の帳が下りる頃、アパートはようやく鎮火した。火を抑え込んだというよりは、燃えるものが全て燃え尽きた、と言ったほうが正しい。地上の構造物はほとんど焼失し、数本の柱と残骸が残るばかりだった。

それまで明るかったのが嘘のように、村は闇に沈んでいく。

空では星が輝き、夏の大三角がはっきりと見えた。

智樹と日名子は寄り添い、座り込んでいた。二人とも怪我はなかった。智樹は二階から飛び降りる際に足を打ったが、少し腫れた程度で歩くのに支障はない。

二人は、生き残ったのだ。

「また会えてよかった」

智樹は言った。

「……うん」

日名子も答える。その言葉に嘘はない。しかし、浮かれて喜び合うとか、そんな雰囲気ではない。智樹の心は暗く、深く沈んでいた。

やりきれなかった。何もかも辛かった。

先ほど、智樹は奈々枝を怪我の手当をしている大人に引き渡した。奈々枝は途中で目を覚まして、周りを二、三度見た後に叫んだ。

「どうして死なせてくれなかったの！」

恐ろしい形相だった。奈々枝の絶叫は、彼女の姿が大人たちに囲まれて消えてからもずっと続いた。

「殺して！　殺して！　殺してーっ！　お願い！　お願いっ！」

大人の一人は、錯乱しているようだと智樹に告げた。が、智樹にはそうとは思えなかった。おそらく奈々枝は正気だった。自分のことをちゃんと分かっていた。少なくとも、アパートの廊下で対峙した時よりもずっと。

奈々枝に何があったのか、詳しくは知らない。

だが何となく想像はできた。颯太が死んだのではないか。それも、ひどく奈々枝を苦しめる形で。奈々枝の鬼気迫る表情は、そうとしか考えられなかった。

智樹は生き残った。日名子も生き残った。

智樹は奈々枝を救い、結果的には、村の大人たちを解放させた。

……だから何なのだろう?

智樹は、自分の行いを誇る気にはまったくなれなかった。


傷病者を除く村の住民は、やってきた鉄道で隣町の公民館に避難した。日名子たちも一緒だ。子供たちは大人にすがりつき、大人は子供たちを守るように抱いている。

日名子は迷っていた。

村で起きていたことを、警察に伝えるべきか否か。

あの地で殺人が行われ、それが村ぐるみで隠蔽されていたことは事実だ。だが、石尾村は崩壊した。もう殺人が繰り返されることはないだろう。何より、子供と大人は和解し、お互いを必要としている。そこに警察の捜査が入り、ゴチャゴチャにしてしまっていいのか。何が正義で、何が不義か。

分からなかった。

焼け跡から、いくつかの焼死体が見つかったそうだ。そのうち、同じくらいの年齢のものが三つあったという。一人は女性、二人は男性。それを聞いた時、日名子は直感した。行方不明のマイ、シン、そして……颯太。

やがて歯型照合が行われ、それが確認された。

颯太の死を、日名子はどう受け止めていいのか分からなかった。悲しい。悔しい。しかし、誰を恨んだらいいのかが分からない。子供たちが悪いのかもしれないが、日名子は彼らに同情してしまった。日名子が子供たちの立場だったら、同じことをしたかもしれない。そう考えると、どうにも気持ちのやり場がなかった。

重い鉛が日名子の中に生まれ、心をずっと引っ張り続けている。何となく、この重石《おもし》は一生消えないのだろうと、日名子は思った。

ケンスケは、マサオの袖をずっと握り続けていた。

「親戚に、畑を持ってる奴がいるんだ」

マサオは優しかった。火事に飛び込んで子供を助けながら、ケンスケのことをずっと気にかけていた。ケンスケにはよく分からなかった。ケンスケはマサオたちをずっと地下に閉じ込めていたのだ。武器で脅したことだってある。

しかし、マサオはそんなことは気にも留めていないようだった。

どうしてそんなふうに振る舞えるのか、ケンスケには理解できなかった。

「老人二人の家で、働き手が必要だって言っててな。ケンスケ、お前さえよかったら、一緒にいかないか」

大人は、子供の弱さにつけ込んでくる存在だと思っていた。大人は「腐り鬼」のはずだった。シンお兄ちゃんとマイお姉ちゃんがそう言っていた。シンお兄ちゃんとマイお姉ちゃんは、ケンスケにとても優しかった。守ってくれた。

しかし……マサオも、ケンスケを守ってくれる。

「結構広い家でな。他にも親を亡くした子供を、連れていこうと思ってる。ケンスケ、俺を信じてくれないか」

ケンスケは混乱していた。マサオが何を言っているのか、よく分からなかった。

「俺は一所懸命働く。お前たちを本当の子供だと思って育てる。もう武器を持たなくたっていいし、内職も必要ない。学校だって行けるぞ。友達もできる」

ケンスケは父親を思い出した。ケンジは、ケンスケが何度訴えても大家の乱暴を認めなかった。困ったように笑ったり、誤魔化したりするばかり。大家に何か言われたらぺコペコして、ヘラヘラする。最低の人間だと思っていた。

「学校で勉強したら、友達と遊ぶんだ。そのあとはみんなでご飯を食べる。家の手伝いもしてもらうぞ。近くには森もあってな、そこでは夏、カブトムシが取れる。秋になったら栗拾いに行こう」

しかし、ケンジの他の姿が次々と脳裏に浮かぶ。曖昧で、断片的だったが、はっきりと浮かぶ。ケンスケを肩車してくれるケンジ。転んで泣いているケンスケを、撫でてくれるケンジ。

お風呂で、ひどく力任せに頭を洗うケンジ。ケンスケが何度痛いと言っても、力加減は直らなかった。しかし最後に洗い流す時は、必ず目に石鹸が入らないようにしてくれる。

「冬にはな、雪が降るんだ。カマクラでも作るか。きりたんぽって言ってな、餅みたいな食い物があって、カマクラの中で食うと風情があってうまいんだぞ」

帰りが遅い時には、よくお土産にヤキトリを買ってきてくれた。ケンスケが好きな、つくねばかりが入った袋。

「春にはな、どうするか……そうだな、何でもできるな、春はいい季節だ……」

ケンジも春が大好きだった。よく酔っぱらって、嫌がるケンスケに髭を押し付けた。

ケンスケはいつの間にかべそをかいていた。

ケンジの姿が次々に思い出されて、止まらなかった。その感情がどういうものなのか、ケンスケにはよく分からなかった。ただ、ケンジにもう一度会いたかった。

とうちゃん。

「どうだ？　村は離れてしまうが……一緒に、暮らさないか」

マサオの優しい表情が、ケンジのそれと重なって見えた。

ケンスケは頷いた。

……とうちゃん。

そう言いそうになったが、うつむいて、飲みこんだ。

エピローグ

奈々枝が退院したのは、三か月と少しがたったころだった。

ひざから下を中心にした足の火傷はⅢ度の重傷であったが、幸いにして他の箇所は無事だった。智樹からはシンが助けたと、日名子からは智樹が助けたのだと、聞いた。二人に助けられたらしい。

どうしてそこまでして生かしたのだと、奈々枝は思った。

死にたかった。

最初は何度も自殺を考えた。しかし、お見舞いに来て、泣いた両親を見てからはその気持ちは消えていった。

生きたいと思ったわけではない。死ねば彼らにさらなる苦しみを与えることになってしまう。だから死ぬことも許されない、という気持ちだった。

生きることも、死ぬこともできずに、奈々枝は宙ぶらりん。

今、奈々枝はたった一人で、夜の石尾村に来ている。足には痕が残っているため、厚いズボンを穿いてきた。隣町から延々と、半ば山登りのように四十分ほども歩いてきたので、ズボンには泥がついて汚れていた。

村はすっかり廃墟と化していた。冷たい風が吹き抜けていく。住民は一人もいなくなり、もう電車も止まらない。

子供たちは大人に引き取られるなどして、様々な場所に散っていった。子供たちが罪に問われることはなかった。

マサオを中心とする大人たちが口裏を合わせ、村で起きたことについて口を割らなかったのだ。マサオたちは子供たちを守った。智樹や日名子たちも、最低限のことしか証言しなかったそうだ。それで新聞には『石尾村で大火事』と載っただけ。事件の真相をほとんどの人が知らない。

馬鹿げた話だと思う。

村のルールのせいで、殺された大人がいた。殺された子供もいた。外から偶然にやってきて、迫害され、殺された人がいた。沢村のように。

マサオたちはそれらを無視し、自分のために過去を握り潰したのだ。沢村の家族は、今も失踪した娘のことを想って暮らしているかもしれないのに。

もっと馬鹿げているのは、奈々枝自身だった。

マサオたちが自分勝手だと思いながら、奈々枝だって結局、自分が人を殺したことを誰にも言わなかったのだ。

奈々枝はゆっくりとアパートのほうに向かって歩いていく。あたりを懐中電灯で照らすと、虫の声が消えた。道には雑草が生え、枯葉が積もっている。人がいなくなった村は、あっという間に朽ちていく。ここが山に飲み込まれるのもそう遠い未来ではないだろう。

足を取られて転びそうになる。しかし進む。周辺は真っ暗で、何か動物の気配もするが、恐怖は感じない。

奈々枝は過去の自分を思い起こす。沢村を撃ち殺したあたりから、自分はおかしくなっていた。ただ、それは正気を失っていたのとは違う。自分が壊れている、ということにしていたのだ。壊れているのだから、仕方ないと思い込んでいたのだ。

そうやって自分の心を保とうとしていた。その時は、それを認められなかった。だけど今なら分かる。

それが精一杯だったのだ。奈々枝の心では、あの村は受け止めきれなかった……。

アパートがあったあたりは何もなくなっていた。ただ草原が広がるばかり。地下への入口はかろうじて形を残してはいるが、土砂で埋まっていて、中には入れない。

奈々枝は無造作に腰を下ろした。地面は冷たい。

智樹は日名子のことが好きだったのだと思う。日名子も智樹に悪い感情は持っていなかったはずだ。しかし今では、二人はめったに顔を合わせなくなってしまった。意図的に避けているくらいだ。

奈々枝の見舞いにも二人別々にやってきた。奈々枝には理由が何となく分かる。颯太が死に、奈々枝は絶望している。そんな状況で、彼らだけが付き合うなど、できるわけがない。智樹と日名子はそういう人間なのだ。

石尾村に巻き込まれた四人は、みんな人生を大きく歪まされた。

奈々枝は、ヨウのことを思った。

ヨウは明るい子供だった。そして、割り切れる人間だった。外の世界に行くと言って、村を出たという。シンやマイが死んだこと、村が崩壊したことは彼の耳にも届いているかもしれない。しかし、ヨウにとってそれはどうでもいいのだ。

あっそう、ですまし、自分の幸せのためまっすぐに進んでいくだろう。

彼のような人間が最後には笑うのかもしれない。

ヨウが羨ましい。

風が強くなり、温度は下がっている。奈々枝はコートの中で縮こまる。

涙がにじんだ。しかし泣き出しはしない。

ちょっとだけ笑いも出た。

奈々枝は考える。自分は一体何をしているんだろう。

ここに来れば、トラウマの原点である石尾村にもう一度来れば、今度こそ壊れてしまえると思ったのだろうか。自我がバラバラに分解してしまえば、もう苦しむことはなくなる。死ぬとか生きるとか颯太とか沢村とか未来とか過去とかに煩わされなくてすむ。

だけど、どうだろう。

冷たい風が吹き抜けるたびに、ますます頭は冷静になっていくようだ。

奈々枝は自分を、どうすることもできなかった。

ヨウは小さな家の中で、散弾銃の整備をしていた。

横には死体が転がっている。床はすでに乾いた血で、どす黒く染まっている。

「明日、街に行こうかな」

ヨウは石尾村を出て、森のはずれにこの家を見つけ、家主を殺害した。そして服と食料、住居を手に入れた。

「それとも、近くを探検しようか。仲間も欲しいな」

自分の力で何かを勝ち取り、自分の判断で行動する。ヨウにとっては初めてのことだった。大人にしろ、シンにしろ、ヨウは今までは誰かの下で働き続けていたのだから。

「俺は、うまくやるぞお」

外に出たくなった理由は、突き詰めれば自立したかったからだ。ある程度成長した子供は、親に反抗するようになり、やがて親元を離れる。そうして人は大人になっていく。ヨウは、もう誰かに守ってもらう生活は嫌だった。外に出て、一人きりで、自分の力を試したかったのだ。

具体的な目標があるわけではなかった。

ただ、色々と楽しそうなことがある、それは分かっていた。

大家のように金持ちになって、好き放題するのもよさそうだ。シンやマイのようにリーダーになって、偉そうにするのにも興味がある。可愛い女の子を自分だけのものにしてみたいし、そのへんの奴に銃を突きつけて震え上がらせるのも面白い。

「何からやろっかなあ」

ヨウは散弾銃を構えてみる。誰もこれには敵わない。これを持っている限り、無敵なのだ。何でもできる気がした。シンやマイのことを尊敬はしていたが、自分が彼らと比べて特に劣っているとは思わない。

シンやマイがリーダーになれたのだ。ヨウは自分も、やがては集団のリーダーになれると信じていた。

夢はどこまでも膨らんでいく。怖いものなど何もなかった。ヨウは、他の子供たちも、きっとそうだと思った。石尾村は滅んだが、それでも子供たちはほとんどが生き残った。子供たちはすぐに立ち直るだろう。大人はいつまでも傷を引きずるだろうが、子供は強いのだ。

村で育った子供たちは、熟したタンポポの種が飛ぶように、そこら中に散っていく。そしてその地で力をつけ、大きく、たくましく育っていくのだ。中には失敗し、育たない者もいるかもしれない。だが、何割かが強く生きればそれでいい。生物とは、世界とは、そういうものだ。

「俺の人生はこれからだ」

ヨウにとって、石尾村の三年間は特に暗いものではなく、懐かしむものでもなかった。ヨウの前には輝かしい未来が広がっている。切り開く武器もある。度量や運だって、きっとあるだろう。

大人なんか怖くない。社会なんか怖くない。

ヨウは子供なのだ。最強なのだ。

ヨウは三日後、街の人間を殺害した。

そして、駆けつけた警官隊に蜂の巣にされた。

智樹は眠れない。

家に戻って長い時間がたった今でも、眠れない。

暗い部屋の中、ベッドの上に座り、何時間もずっと考え込んでしまう。

シンも、マイも、颯太も死んだ……。

智樹は頭を抱えた。

嫌なこと、辛いことは、今までにも色々とあった。しかし、反省することができた。次はこうすればいい、と思うことができた。それができなくても、後悔することはできた。あの時こうしておけば、あれをしなければ、そんなふうに過去を思えた。

しかし今はどうだろう。

後悔すら許されない。

どう行動していればよかったのか。誰を信じ、何をしたら、いいほうに向かったのか。智樹にはさっぱり分からない。あえて言うなら、石尾村になど来なければよかった。だけど石尾村に来たのはただの偶然なのだ。何の反省材料にもならない。

石尾村に大きな大きな渦が開いていて、たまたま近づいた智樹たちを飲みこみ、さんざんに翻弄して、飽きたところでポイと放り出した、そんな気がした。人間の力ではその渦に対抗することはできない。渦の大きさを測ることすら不可能だ。

シンもマイも、大人たちも、子供たちも、大家でさえ、その渦の中でただあがいていたのではないか。溺れないようにもがくことで必死だった。もがいた結果沈んでいくものもいれば、浮かび上がるものもいた。

地球のあちこちに、そういう渦が開いているのだろう。たまたま智樹はそれに出くわした。そこでは人間の知恵に意味などない。智樹たちがあれこれ考えて、一所懸命にやろうと、報われはしないのだ。自己満足以上の価値などないのだ。宙に舞う埃と同じ。

どうしようもない。智樹は無力だ。

智樹の腹がグゥと鳴った。

夜明けが近い。空腹だった。

なぜ人間の体は生きようとするのだろう。こんなにも無力なのに、なぜ生きなくてはならない。生きたって、何ができるというのか。

智樹は腹を殴りつけた。

咳が出た。

腹は鳴り続け、食物を求めていた。何か食べればとても美味しく思えるだろう。幸せな満腹感を味わえるだろう。生きていてよかったと感じるだろう。

智樹は心の中で思った。そんなことで誤魔化されないぞ。そうやって、お前は生きることを正当化しようとする。生きることはいいことだと、押し付けようとするんだ。ふざけるな。バカにするな……。

腹は智樹を嗤うように、鳴り続けた。

悔しくて、智樹は目を閉じる。涙がこぼれてくる。

「……いいじゃないか」

囁くように、誰かの声がした。

ふと顔を上げる。

「頑張ったんだろ？　最善を尽くしたんだろ？」

人影が見える。

手を繋ぎ合った男女だ。智樹と同じくらいの年齢の。二人でこちらを向いている。逆光になって顔がよく見えない。

「それだけでいいじゃないか。そこから先は人の手に負える世界じゃない。だから……自分を悪者にするな」

「誰だ」

「俺もそうだったから、人のことは言えないけどな」

「……この声……」

「俺は、大事な人と一緒に生きていくよ。お前も、大事な友達を、大事な人を、離しちゃダメだ……」

声は少しずつ遠くなっていく。

「……せっかく、助けたんだろ？」

「シン！」

叫んで、智樹はガバッと起き上がる。

自室に朝日が差し込んでいた。

鳥の声がする。

「……夢……」

眠り込んでいたらしい。日光がやけに眩しかった。

智樹は青空を見つめながら、まぶたをこすった。

しばらく呆然としていた。

動きたくなかった。動きたくなかったが、何かに突き動かされるようにして立ち上がる。それから歯を食いしばって、歩き出した。

了

本作は二〇一五年六月文芸社より刊行されたものに加筆、訂正した新装版です。
本作品はフィクションです。実際の人物や団体、地域とは一切関係ありません。

TO文庫

悪鬼のウイルス

2019年11月 1日　第1刷発行
2024年12月20日　第7刷発行

著　者　二宮敦人
発行者　本田武市
発行所　TOブックス
〒150-0002 東京都渋谷区渋谷三丁目1番1号
ＰＭＯ渋谷Ⅱ　11階
電話 0120-933-772（営業フリーダイヤル）
FAX 050-3156-0508

フォーマットデザイン　金澤浩二
本文データ製作　TOブックスデザイン室
印刷・製本　中央精版印刷株式会社

Printed in Japan ISBN978-4-86472-880-5